我对面的我

吉建芳◎著

应急管理出版社

·北 京·

图书在版编目（CIP）数据

我对面的我／吉建芳著．－－北京：应急管理出版社，2024

ISBN 978 - 7 - 5237 - 0483 - 7

Ⅰ．①我… Ⅱ．①吉… Ⅲ．①散文集—中国—当代 Ⅳ．①I267

中国国家版本馆 CIP 数据核字（2024）第 052437 号

我对面的我

著　　者	吉建芳	
责任编辑	郑　义	
封面设计	宋双成	

出版发行　应急管理出版社（北京市朝阳区芍药居 35 号　100029）

电　　话　010 - 84657898（总编室）　010 - 84657880（读者服务部）

网　　址　www.cciph.com.cn

印　　刷　北京飞达印刷有限责任公司

经　　销　全国新华书店

开　　本　710mm×1000mm$\frac{1}{16}$　印张　12　字数　163 千字

版　　次　2024 年 5 月第 1 版　2024 年 5 月第 1 次印刷

社内编号　20230608　　　　　定价　39.80 元

爱上阅读，学会写作

○凌翔

爱读书，读好书，养成阅读好习惯，这是近年来流行的好趋势。

阅读的好处毋庸置疑，越来越被专家学者及广大青少年读者认可。

大家越来越认识到，阅读将会对读者起到潜移默化的作用，既开阔了读者的眼界，也陶冶了读者的情操，它会不断引导读者提高自己的能力素质，调整自己的心情，缓解生活中的压力，帮助读者在丰富知识的同时增强胆识和气度。所以，引导广大青少年学会阅读，爱上阅读，阅读好书，越来越成为专家学者们的一大重要任务。

散文是一种抒发作者真情实感、写作方式灵活多样的记叙类文学体裁。广义地说，散文是与小说、诗歌、戏剧并列，在小说、诗歌、戏剧以外的所有文学作品的统称。但在当代，散文又专指那些形散而神不散、意境深邃、语言优美的文章，所以，当代散文又有了一个形象的称呼：美文。

散文的门槛不高，可以说，只要会写作文的人，都能够写散文。所以，在我国，每天都会有数不清的散文作品诞生。不过，尽管散文作品的量很大，但真正的好散文、真正能够传世的散文并不多。可以说，我们常见的散文大多是平庸的作品，所以为了能够在海量散文作品中发现优秀的散文作品，人们开展了多种多样的散文评选活动，其中知名度较大的有冰心散文奖、三毛散文奖、丰子恺散文奖等。当下最为权威的散文奖项当数冰心散文奖，该奖项由中国散文学会组织，在著名作家冰心女士生前捐赠的稿费基础上设立，每两年评选一次，旨在评选出题材广泛、思想敏锐、能够深刻反映现实生活的优秀散文作品，被誉为中国散文界最为重要和专业的奖项。正因为此，每届冰心散文奖获奖散文作品集都极受欢迎，成为散文写作者的范本，也成为老师推荐学生阅读的精品。为了给广大读者提供更全面、更精美的散文阅读范本，我们从已经举办的九届数百名获奖作家中挑选出几十位最适合中学生阅读的散文家，请他们从自己所有的作品中挑选出文字精美、意境深远的作品，结集推出，希望编写出版一批为中学生所喜闻乐见的好的散文选本。

大家知道，与小说相反，散文是写实的，首先，散文作家在写作时，如同用照相机拍照一样，用他们的笔墨触及身边的人、事和风景。即使是历史散文，作者笔墨描绘的也都是真实的人和物，所以，真实是一篇好散文要满足的首要条件。其次，好的散文在"形"散的基础上，实则上是"神"的聚焦，是思想的聚焦、灵魂的聚焦。正所谓说东话西，全都是为了一个中心。最后，散文注重抒情，注重遣词造句的美与高雅，注重每个篇章、段落之间层次的递进、并列和呼应，所以，散文又是不拘一格的。正因为此，阅读欣赏散文作品时，要能够阅读出新词妙意，阅读出谋篇布局，阅读出作者的所思所想，阅读出作者字里行间散发出来的对生活的热爱和对美好人生的向往，以及对万事万物的兴趣和景仰。

千万别指望别人给你提炼出一二三四的写作方法，即使有人总结出了什么写作诀窍，也千万不要相信。写作从来都没有捷径，要想写出好文章，必须进行深入的阅读，阅读最好的作品，阅读的同时不断分析作品，把作品拆开来思考。只有读出了每篇作品的结构组成，读出了人物刻画的方法，读出了语言运用的技巧，才会把优秀作品的营养吸收下来，从而转化为自己写作的智慧。

写作的门槛确实很低，但写作的台阶却很多、很高，我们每迈上一级台阶，都需要付出很多很多的汗水。让我们一起多读好文章吧，为自己写出好文章积累砖瓦，达到"对事物的观察十分细致，对人物的刻画九分入骨，对心灵的把握八分精准"的标准。

目录

I

目录

第三辑　努力到底有什么用

目录

第四辑　请保持与众不同

第一辑

去追寻你的足迹

我是延安娃

　　我出生在延安，在黄土高原上 210 国道边一个几百人的村子里。铁路和高速公路的相继出现，让村子和国道一样日渐冷清。老家大门前曾有一棵高大的槐树，奶奶嫁来时它就已经十分高大。回去给年近九旬的奶奶奔丧时已找不到它，跟它一起不见了的还有魂牵梦绕的老屋。大门门楣上挂着"光荣军属"的牌子，还有院里每年都结满累累果实的枣树，连距最末次的相见也已经隔了十余年。

　　红军长征到达延安后，红一方面军打的最后一仗就在家乡富县直罗镇，就是有名的直罗镇战役。这次战役的胜利彻底粉碎了国民党对陕甘苏区的第三次"围剿"，加速了国民党营垒的分裂，为中国革命的大本营最终放在延安献上了一份奠基礼。

　　中央红军落脚延安的那些年，爷爷曾打着裹腿，穿着奶奶在煤油灯下一针一线纳的千层底布鞋，一趟又一趟地赶着骡马奔波在延安的红区和白区之间，给中央红军驮运军需物资和一些生活必需品。回家后，爷爷常常给儿女们讲述他的所见所闻，以及红军的种种优秀品质等，儿女们深受影响。长大后，大儿担任村党支部书记多年，是家乡十里八村有口皆碑的好支书。二儿和四儿中学毕业后相继应征入伍，在部队入党并多次立功受奖，二儿离开部队前是团级干部，两人转业后，亦在各自的工作领域担任重要职务，矢志不渝地忠于党和人民。三儿中学毕业后返乡务农，之后参加社教，很早就入了党，最终也成为一名优秀的国家干部。两个女婿都是党员，女儿们也都十分优秀。至于二三十个孙子孙女和外孙子外孙女等，几乎无一例外都是党员，其中多人是优秀党员，这无疑也是受爷爷影响的结果。

　　多年前，延安被称作肤施，这是一个极雅致的名字，后改为延州就稍逊一筹。延安曾是敌后战场的战略总后方，陕甘宁边区政府首府，是无数热血青年和仁人志士向往的革命圣地，是许多有知识有思想有梦想的年轻人扎堆的地方。

延安的光芒给新中国指明方向，带来希望，照耀一代又一代人，也同样照耀了我。我没能赶上那个火热的年代，但却在他们曾战斗过的地方生活工作过，踩过他们走过的脚印，呼吸过他们呼吸过的空气，喝过他们喝过的延河水，那吹过他们的轻风也拂过我的脸颊，一次又一次。

光阴荏苒，转眼间红军长征胜利已经80周年，在"重走长征路"的号召下，众多有志于文学的电力人从祖国各地奔赴于都——中央红军长征的集结地和出发地。

车票在手，行囊在肩，人在路上，心儿却早就从延河畔飞往于都河边。

于都河是当年中央红军长征过的第一条大河，河水湍急。80年前，淳朴的于都民众无私奉献，用一片赤子之心真诚地支持红军。沿河的民船全部自发汇集到一起，有的用来架设浮桥，铺上木板就可以让红军轻松过河；有的用来摆渡，一趟又一趟地穿梭在于都河上。一拨又一拨红军顺利抵达对岸，迈着铿锵有力的步伐，朝着中国革命胜利的方向，一路前行。

日夜奔腾的于都河，目睹了当年红军从此岸到达彼岸的全过程。那些被火把照亮的亢奋的脸庞，那一张张热血沸腾的笑脸，那一次次有力的紧握的双手，那一句句真诚的"谢谢！"……都已远去，却又恍然如昨。

凝聚，凝结，壮大。集结，出发，北上。

抱着必胜的信心和决心，怀揣坚定的理想和信念，他们整好衣装，背好行囊，展开铿锵有力又嘹亮的歌喉，踏着红歌振奋人心的节拍，他们的背影渐行渐远，渐行渐远。于都河又渐渐恢复了往日的平常。直到有一天，他们终于赢得了胜利，于都和于都河才被越来越多的人们所知晓。

几十年后的今天，奔流不息的于都河边伫立着一个巨大的石块，上面写着"长征渡口"几个大字。它默默地告诉前来追溯历史的人们，中央红军当年曾从这里渡河出发，走向新中国；它默默地日夜坚守在水一方，也守候着心中的渴望。

总面积近3000平方公里的于都，如今有人口百余万。这个县级人口数居赣州第一的地方，正在按照"发展升级、小康提速、绿色崛起、实干兴赣"的十六字方针，铭党恩、谋发展、促振兴，全力以赴把智慧和力量凝聚到推动苏区振兴发展的伟大实践中，奋力争当苏区振兴的先行者。经济社会发展态势"稳中有进、后劲增强"。生产总值、规模以上工业增加值、固定资产投资、财政收入总量等持续攀升，很好地实现了规模扩张，经济总量稳居赣州市第二，从成效看，增收较快，政府、企业和居民的口袋实现同步增收，且增速都很快。

社会经济的飞速发展，没有稳定可靠的电力支撑怎么行？！一个地方经济的发展程度，从其工业用电量的变化也可窥其一斑。

遥想于都，浮想联翩；遥想于都，心已飞扬。

从于都到延安，中央红军在 80 年前从希望最终走向了成功。

从延安到于都，延安儿女在 80 年后专程去向那段历史——致敬！

吹响集结号

"于都是著名的中央红军二万五千里长征的集结地和出发地，为中国革命作出了特殊贡献和巨大牺牲。"在一份资料上看到这句话时，刚开始并没有多大触动，打仗，不就是流血牺牲吗？更何况打了那么多年仗，不死人可能吗？不可能啊！随后看到下面这段文字时，却不能不为之心痛，继而心恸不已——

"在于都集结出发长征的红军将士中每五个人就有一个于都人，于都为革命牺牲的有姓名可考的烈士1.63万人，其中牺牲在长征路上的烈士达1.1万人……共走出了16位于都籍共和国将军。"这是怎样的比例啊！多么让人心伤！

这个地方仅为中国革命就牺牲了这么多人！而许多人，如果不是这次的"重走"活动，可能不会主动去了解那段历史，也不可能知晓还有那么多民众为革命而捐躯，他们为了中国革命献出了青春，献出了宝贵的生命。那时的人们未必有多么高的文化素质，也未必有多么高深的理论知识，但用今天的话说，则是能够"舍小家、顾大家"。只是于都并没有因之而声名远扬，没有被社会公众所熟知，亦如曾经的它一样，只是用自己的血肉之躯为中国革命的成功铺路架桥。

于都没有被外界的喧嚣所惊扰，从容地做自己该做的事，兀自岿然不动。或许它也不想争，不想出名，不想出大名，或许它安于自己的状态，但我，心绪难平。不是说有了名气就一定有怎样的成功，籍籍无名一定就悲催，但还是希望能有更多的人知道于都，知道于都曾为中国革命的胜利所做的贡献。缅怀先烈，铭记历史，才能更好地面对未来。牢记历史，才会更加热爱我们的社会、我们的祖国。

于都县岭背镇大屋村有位叫谢宝金的老红军。听他的侄子——60多岁的老司机谢林贵师傅讲，谢宝金老人1米89的个头，年轻时身强力壮，力气很大，一次能挑 300 斤的粮食。1932 年在毛泽东的推荐下参加红军，被选到军委情报部技术股工作。1934 年 10 月，中央红军准备进行战略转移，谢宝金被安排到一个特殊的连队，这个连队有 128 人，他们的任务是保护一台发电机。临行前，一位首长再三叮嘱，一定要确保发电机万无一失。谢宝金当即承诺："一定会像保护自己的生命一样来保护它！"

当时的军委只有一台发报机和一台发电机，谢宝金像许许多多的红军战士一样，跟随大部队踏上了漫漫长征路。刚开始他们由八个人轮流抬着发电机走，有时爷爷一个人背着走。长征一路打仗，人员一路死伤，他们连队里伤亡的战士越来越多，抬发电机的人自然也越来越少，到过草地时，那个 128 人的加强连只剩下谢宝金和另外两个人了。

那 125 条鲜活的生命呢？

他们去了哪里？

谁能告诉我。

眼看着战友们一个接一个地倒下去，再也不能起来，谢宝金急得眼睛都红了，心里暗暗地想，哪怕就是剩下我一个人，也要背着它走到底……

20 世纪，江西的第一代电力人从共和国苏区走来，肩背手摇发电机的感人故事还有很多很多。举不胜举，不胜枚举。

在红军长征胜利 80 周年前夕，我随"重走长征路·光明行"采风团一行在江西赣州集结。为了让自己的某种情绪能够在路途中慢慢汇聚、凝结，我放弃乘飞机而选择坐火车。白天的卧铺车厢人很少，软卧车厢人更少，除了乘务员不时地报着沿途的站名，火车启动和停车时机械碰撞的哐当哐当声，还有你我都很熟悉的"啤酒饮料矿泉水……"其余时间异常安静。从一上车我就取出笔记本电脑，伏在铺位上开始敲字。

吃午饭前，顺利抵达赣州。领队把大家召唤到一起，兴致勃勃地一起酣唱革命歌曲，那些铿锵有力的旋律，那些催人奋进的歌词，那种久违的激昂情绪，立时就把大家带回了那个火热年代和光辉岁月。晚饭的餐桌旁，新朋旧友在推杯换盏中，更多谈论的是各自曾经了解的革命先烈感人事迹和他们的丰功伟绩、浴血奋战，谈论的是即将进行的采风和那些革命旧址的今昔。

赣州市位于江西南部，也称赣南，是江西省区域面积最大、人口最多的一个设区市。山川秀美，历史悠久，人文荟萃，素有江南宋城、客家摇篮、红色故都、生态家园、稀土王国、世界钨都和世界橙乡等美誉。

次日晨曦中，有几个人早起去看了赣州古城的姿容。

上午，举行了简单的采风活动启动仪式。

午饭后，一行人乘坐大巴车从赣州市区前往于都县。舍不得在途中打盹儿稍事休息，我趴在洁净的车窗玻璃上，精神亢奋地望着窗外的景致，并不时按动相机快门，试图留住那些烟雨笼罩的远山，和远山上茂密的森林，留住沿山脚蜿蜒而行、时宽时窄时疾时徐的河水，和河畔的房屋田舍农人庄稼。也有船只在河面上游曳，隔着厚厚的窗玻璃，听不到是否有鸣笛声，是否有鸟雀欢快的鸣叫声。

途中，大巴车稍稍停了一下，在路边停着的一辆小车上下来几个人。我们被告知，是于都公司的人来带路，采风的一部分内容是在于都县。哦！这就是说，于都县就要到了。

那不只是誓言

在重走长征路途中，无意中听到贺页朵一家人的故事，一股久违的暖流立时就从心头涌起，热烈地激荡着我的心灵，让我久久都不能平静。

贺页朵是江西永新县四区北田村的一位贫苦农民，1927 年投身中国人民的解放事业，曾任村农民协会副主席和湘赣边区苏维埃六乡政府财粮干事等。中国工农红军在井冈山进行艰苦卓绝的革命斗争时期，他以榨油职业为掩护，建立了地下秘密交通站，竭尽全力积极为红军搜集情报，并多次参加攻打永新和吉安的战斗，矢志毕生为中国人民的解放事业贡献力量。1931 年 1 月 25 日，经受过各种考验的贺页朵实现了自己的人生夙愿——加入中国共产党。

入党宣誓是在他工作的榨油坊里秘密进行的。在一盏昏暗的桐油灯的照耀下，他满腔热忱地在一块红布上一笔一画地写下了铿锵有力的铮铮誓言："牺牲个人，言首秘蜜（严守秘密），阶级斗争，努力革命，伏（服）从党其（纪），永不叛党。"并在布片的最上端写下了"C.C.P"3 个英文字母（中国共产党的英文缩写）。这份饱经炮火与鲜血洗礼的"入党宣誓书"共有 24 个字，其中 5 个是别字，但它却向世人展示了一名真正的共产党人，灵魂深处对于革命事业的崇高信仰和为党奋斗终身无比忠诚的坚定信念。在之后的革命历程中，无论斗争多么残酷，无论环境多么险恶，贺页朵都勇敢地站在敌我斗争的第一线，始终如一地用实际行动切实履行自己的入党誓言。

中央红军在井冈山腥风血雨地进行斗争的时期，许多仁人志士和热血青年为了革命都献出了宝贵的生命，更有无数人因战争而受伤。1934 年，贺页朵在一次伏击战中不幸身负重伤。红军长征离开井冈山时，他没能跟随大部队一起爬雪山、过草地、跨河渡江去战斗，只得留守井冈山继续坚持斗争。再后来，在国民党白色恐怖下，他渐渐和中共党组织失去联系。

与组织失去联络的贺页朵，如同一只离群的孤雁，唯有把那份写在布条上的入党誓词用油纸仔细包好，悄悄藏在榨油坊的屋檐下。

几十年来，人生漫长的岁月中，贺页朵经历了那个年代所有人都经历过的一切苦难、贫穷、饥饿，以及战争带给普通民众的满目疮痍。他有一腔热血和满腔热忱，却找不到党组织，不能继续参加战斗，也不能把自己的真实内心袒露于人，那该是多么煎熬的一件事情啊！

月明星稀的夜空下，或伸手不见五指的暗夜里，更深人静之时，他悄悄取出层层叠叠包裹着的入党誓词，在昏暗的油灯下轻轻地用手摩挲着，拿眼睛仔仔细细地看着，自己当初亲手在这块布上书写的那一幕，一次又一次涌上心头，一次又一次。

那不过是一块普普通通的布，但却被贺页朵视为比生命都宝贵之物。每次翻看时，都要把生命中曾跟红军有过交集的那一部分反复咀嚼回味，反反复复。

没人知道那时贺页朵的心里真正在想什么——痛苦、悲伤、失落、幽怨、后悔，还是钢铁般坚强的意志的支撑下那坚不可摧的理想和信念。

没人能够知道。

时间一天天流逝，生命的长度也在渐渐缩短，他的心却一直在等待，一直在渴望，一直在期盼。

终于等来了革命胜利的那一天。

终于等来了新中国成立的那一天。

终于等来了人民翻身做主人的那一天。

1951年，党中央派慰问团到南方老革命根据地慰问时，贺页朵才将这份冒着生命危险珍藏已久的入党誓词亲手交给慰问团负责人。此时，距离他在桐油灯下一笔一画地书写入党誓词，已经整整过去了二十年。

这份入党誓词，成为井冈山革命斗争时期唯一幸存的党证。

如今，这份珍贵的党证被珍藏在中国人民革命军事博物馆里，被评定为一级革命文物。井冈山革命博物馆里展出的，是它的影印件。

1956年，开国元勋谢觉哉参观当时的中国人民革命军事博物馆时，得知这份党证背后的故事后，感慨良多，撰写了一篇题为《一个农民的入党宣誓书》的观后感，贺页朵也成为被其后来经常提起的"贺同志"。

之后，一批批奔赴井冈山接受革命洗礼的党员或游客，都会忍不住被讲解员讲述的那段历史所感动，以至于潜然泪下。

贺页朵秘密保存下来的，不只是一份手写的入党誓言，还有他灵魂深处对党无比忠诚的理想和信念，以及艰苦卓绝战争年代的真实历史见证。这种坚定不移的精神和矢志不渝的信念一直被当作革命传统教育的先进事例，激励着一代又一代人奋勇向前，也激励着新时期的热血青年和仁人志士。

如果每一个共产党员都能像贺页朵和众多的贺页朵们当年宣誓的那样，牺牲个人，永不叛党，那么我们党的战斗力就永远都在。

深受爷爷革命思想的感染和影响，贺页朵的四个孙子先后都加入了党组织。长孙贺佐文在战斗中以身殉国，被授予二等功，牺牲时年仅二十二岁。贺佐文牺牲后，家人又将玄孙贺佐武送到部队，接替哥哥的战斗岗位。

那一夜，在井冈山偶遇贺页朵的三孙子、电网员工贺佐智，并在明亮的灯光照耀下，听他娓娓诉说爷爷几十年前那些感人肺腑、催人泪下、发人深省的红色往事，听他讲述众兄弟们一心向党、一心为民的种种善行。尤其是他的哥哥贺佐才，更是凭一己之力在家乡修路架桥，资助贫苦人家的孩子完成学业，帮助年迈无助的老人安享晚年。他对他人的艰难困苦倾全力相帮，但对自己孩子的一些要求却并不很大方，甚至可以说有些吝啬。

静夜的时间一分一秒地悄悄流逝，安静地听他讲述，默默地思考，井冈山上明亮的灯光幽幽地照着，照着。都说孙子长得最像爷爷，坐在面前的贺佐智长着一张典型的江西人的脸，神情坚毅，身材瘦小，但在那灯光的照耀下，他和他的爷爷，还有他的一个个兄弟们，他们的形象却越来越高大，越来越高大……

那一夜，又一次久久难以入眠。

去追寻你的足迹

小镇古田的早晨是静谧的，没有滚滚涌动的上班人流，也没有多少着急要去做的事。那里的人们跟周围村落的人们生活大致一样，但多少又比村里人更靠近现代化些，生活更方便，品质更讲究，穿着更时新。但骨子里，他们还是农民的感觉。这其实不重要，重要的是，他们中的一些人安于现状，满足于自己得到和拥有的一切。而满足感——是一个人幸福的源泉。

临睡前，窗外毗邻的镇子道路上，不时有"突突突"的拖拉机声，一次又一次，将我从睡梦中惊醒。也许夜还不是很深，尚未进入深度睡眠，才会那样吧。这样想着，感觉又好多了。这是人家每天回家的必经之路，辛苦劳碌了一整天，太阳落山已经好久了，拖拉机还是在路灯和车灯的照耀下才回家的，兴许晚饭都还没吃，而且这样的可能性极大。而我，不过是偶尔从他的生命里路过，擦肩而过，匆匆掠过，痕迹不留。仅此而已。

没有一丝一毫理由去埋怨什么，一点理由都不能有。

反复被折腾几次后才终于明白，原来窗户竟然开着，立时起身将它关上。当再有拖拉机"突突突"地回家时，传到房间里嘈杂的声音顿时微弱了许多。很快，我就进入香甜的梦乡。

古田会议旧址正在修缮中，白天参观时没能进去，只在门口宽敞之处聆听了讲解。讲解员在整个讲解的过程中，始终面带微笑，声音抑扬顿挫，训练有素。

古田会议旧址附近的庄稼地里，农人们种的庄稼、蔬菜蓬勃旺盛，油菜的叶子长得大而饱满。厚实的，将近墨绿的颜色，一行行排列得整整齐齐，如同整装待发的兵士。

大家路过时，有人开始猜测，它们，究竟是什么？

有猜萝卜的，有猜白菜的，也有的不确定地猜测可能是油菜的，但大家都觉得那样霸气侧漏的叶子好像与油菜相去甚远。渐渐地，在地边围拢了许多人，都在兴致盎然地各种猜测，越猜越发的离谱。

有人向讲解员发出疑问，她很快给出答案：油菜！

古田会议旧址之前，参观了光荣亭，瞻仰了才溪乡调查旧址、才溪乡调查纪念馆。古田会议旧址之后，又瞻仰了古田镇毛主席纪念园，向毛主席敬献花篮；到松毛岭瞻仰了红军无名烈士墓，重走了一段红军路，参观了郭公寨前线指挥部；到中复村重走了红军街、红军桥，长征出发地之一——观寿公祠；还心情复杂地参观了瞿秋白纪念馆、杨成武纪念馆、福建省苏维埃政府旧址（中央苏区的经济之都红色小上海——长汀），参观了"毛主席最牵挂的井"——老古井，还有瞿秋白文学院等地。

多少年前，红军来了，又走了。

多少年后，每到一些特殊日子，总会有些人群蜂拥而至，到处走走看看停停拍拍。这样的情况见得多了，当地人早已不觉得稀罕，大人小孩该干嘛还干嘛。当我们走在村镇的路上，那些鹅卵石铺就的，或是水泥柏油的路面上，也有的是土石结构的，并没有人停下脚步多看我们几眼。挑担的依旧不歇息地往前走，背东西的更不会扭头看这些外地人的举动，手牵孩子的也没有把关注的目光投向大声嚷嚷的我们。哪怕小小的孩童，尚且不到上学年龄的稚童，三三两两在一起玩耍，也都沉浸在自己的世界里，根本不可能目光好奇地注视着我们。如果一定要有，或许只是漫不经心的一瞥，极其短暂的一瞬。对于熟视无睹的东西，谁还会在意呢？

此行采风，在有的地方，由于特殊环境和特殊历史事件，讲解员会在一番开场白之后，声调突然变得悲恸起来，甚至可能会播放一段低沉哀怨的背景音乐，以烘托当时的气氛。参观松毛岭战役遗址时，即是如此。

松毛岭战役是极其惨烈的，也是极其悲壮的。

时隔多年后，当地进一步发掘革命故事的文化内涵，倾心打造的原创大型民族歌剧《松毛岭之恋》，已被列入"中国民族歌剧传统发展工程"。在我们抵达松毛岭之前，刚刚在长汀县客家大剧院首演。宾馆房间里的《闽西日报》上写到，该剧还将到北京、南京、福州等城市进行巡演。

《松毛岭之恋》以中央苏区第五次反"围剿"，发生在长汀县南山镇钟屋村的松毛岭战役为背景，讲述了主人公赖阿妹与红军战士林阿根之间凄美动人的爱情故事。

1934 年中秋前夕，红军林阿根奉命与战友们在松毛岭阻击国民党军队。临别前，赖阿妹前来为丈夫送行，并承诺会按照客家人的风俗，每年为阿根做一件衣服和一双鞋子，等着丈夫阿根平安归来。阿根也向阿妹保证，等胜利后一定回来为她补办一场热热闹闹的婚礼。

转眼 30 年过去了，痴情的阿妹等来的却是阿根的烈士证书。悲恸欲绝的阿妹最终在家对面 59 米处为阿根建了一个衣冠冢，把每年为阿根缝制的衣服和鞋子放进衣冠冢中，并与阿根进行最后的婚礼和告别……呈现了红军长征前夕波澜壮阔的历史，展现了闽西苏区人民不屈不挠的奋斗历程。

宣传海报上写道：这是一部充满正能量的歌剧，是一部艺术精良的歌剧，是一部每个老百姓都能看得懂的歌剧。虽然行程紧张，并不曾踏进当地剧院去看过，但我相信它一定如是，甚至更甚。因为社会需要这样的剧目，生活在当下的人们，也需要这样的剧目重新反省、思考一些现实中的人和事。

不忘初心，无论如何都不能只是停留在口头上。而一路走马观花看过的一个个红色旅游景点，那些早已远去的人和事并不会被岁月的尘埃湮没，他们永远镌刻在历史的丰碑上，永远活在人们的心中。永远！

贡江畔听雨

在于都河畔停留的那一夜，睡得并不好。

于都河，是人们给贡江流经江西赣州于都县境内那一段取的名字。曾有诗曰："十月里来秋风凉，中央红军远征忙；星夜渡过于都河，古陂新田打胜仗。"这首诗书写的就是 80 多年前红军为了避免更多人员伤亡，把主力部队撤离根据地，离开中央苏区，夜渡于都河进行战略转移，踏上漫漫长征路的真实状况。于都河那时承载和护送的，既是红军的主要将领和千军万马，也是中国的前途和命运。

80 多年光阴荏苒，于都河水时起时落，时而湍急，时而平缓，经历了曾经的辉煌，也经过了难以想象的冷落。无论月缺月圆，无论星疏星密，它始终沉默不语，缄口不言，只把那些曾经的喧闹、临别的承诺、热烈的记忆、偶尔的回眸全都深藏心底，任由经年累月的期盼和心心念念的渴望将其层层包裹，包裹层层，试图在某年某月的某一天，幻化成一枚琥珀。

是琥珀吧！

80 多年后，当我怀揣着无比敬仰和崇敬之情，追溯红军的足迹来到于都河畔时，它并不因我难以抑制的激奋而欣喜欢腾，也不因我舟车劳顿专程来访而倍感欣慰。

那一夜，于都河上雨丝细密，淅淅沥沥的小雨轻轻滴落在河面上，河面上接二连三地泛起一个个小小的水泡，挤挤挨挨地，悄无声息地，顺着河水缓缓流淌而下。于都河畔人影疏稀行色匆匆，一把把雨伞急急地飘然而过，没有谁会瞩目于都河的清冷，依稀可辨的脚印也很快被雨水淹没。于都河畔车影绰绰雨刷声声，一辆辆车疾驰而过，只为尽快到达目的地，没有哪辆车停留河畔，去尝试感同身受于都河的凄清，唯留两行溅起的泥水开出瞬间消逝的花。

那一夜，小酌几杯竟有些许醉意，却又不像往常一样昏昏然倒头睡去。

辗转之际，伏在窗边，痴痴地望着烟雨蒙蒙中的于都河，陷入不能自拔的沉思。

那一夜，那几夜，淳朴善良的人们把煮熟温热的鸡蛋、蒸熟绵甜的红薯、竹叶包就热气腾腾的饭团、刚刚腌好的腊肉、朴素但却一针一线仔细缝制的崭新衣衫……送给即将出征的红军将士，轻轻用衣角拭去眼角滚出的泪珠，一再嘱咐："你们一定要再回来啊！回来啊。"

那一夜，那几夜，花朵般娇艳的姑娘，羞答答地从身后拿出亲手打的草鞋或偷偷绣的荷包，满心欢喜地递到心上人手中。一朵红晕悄然飞上脸颊，一双美眸脉脉含情。扭过头去，万般不舍地轻声说道："打完仗，要早点回来啊！"再转过身去时，她的他已经跟随大部队坚定有力的步伐，朝着未来一路走去。呆立在原地的她，稍一愣怔，便懵懵懂懂地朝着队伍前行的方向赶紧跑了几步，试图在人群中再次觅得他的身影，却已经不能够。她只得驻了足，全然不顾周围的人声嘈杂，一心只担心情郎的安危。

战争之于一个没念过几天书的普通农家女子来说，太过遥远，她只想跟相爱的人儿过粗茶淡饭的家常日子，但祖辈遗传下来的良好秉性又使她深明大义，知道好男儿南征北战上阵杀敌时是不应苦苦挽留的。各种离愁别绪和切肤的思念让她一阵心伤，两排碎玉一样的牙齿紧紧咬住嘴唇。她不想让自己哭出声来，尤其在那样一个场景中，但却无法抑制住两行清泪悄悄涌出眼眶，一路奔涌而下，胸前的衣襟很快就被濡湿了一大块，一如她潮湿的心。

月亮升起来，又落下去。

太阳落下去，又升起来。

她根本不曾想到，她怎么都不会想到，她无论如何也不愿意想到的是，于都河畔一别，竟成永诀；于都河畔一别，两人从此天各一方；于都河畔一别，垂垂暮年都不曾再见到他。

几十年的日月轮回、星移斗转，于都河水奔流不息，缓缓东去，而于都河畔苦心煎熬的痴情女子，何止一二。

轻轻拂去岁月的尘埃，几个朴素但却异常鲜活的名字被来这里瞻仰吊唁的人们所知晓，但更多的名字，早已被于都河水湮没，被历史的沧桑湮没，甚至，被日月交替、春种秋收的琐碎庸常遗忘。

她，她们，从青春年少到中年渐至，再到发稀齿摇、步履蹒跚，曾经光洁的额头渐渐变得粗糙，曾经红润的脸庞被岁月摧残得皱纹密布、松弛下垂，一双曾柔若无骨的纤纤玉手变得关节突出、黑黢皴裂，柔情似水的眸子已经变得浑浊。唯有一颗寂寞的心，每天的每天，都在苦苦思念着离别的心上人。当那些期盼终于从满怀希冀的等候渐渐成为遥不可及的等待，失望有时会涌上心头，但她不愿放弃等待，不愿放弃。

于是，一日日，一月月，一年年，她就那样无休无止地等下去，等下去。

直等得岁月老去，年华已逝。

直等得青丝成白头，一根根悄然掉落。

直到有一天，她再也迈不动等待的脚步。

直到有一天，她的生命彻底枯萎凋敝，眼角还有一滴不甘的泪，轻轻地，轻轻地滑落。

那一夜，在于都河畔听雨，落泪。既为那些美丽的女子心有不甘，也为人世间许多美好愿望的难以实现倍觉无奈。

一盏马灯的自述

我是一盏马灯，一盏普普通通的马灯。

马灯是煤油灯的别称，是一盏可以手提、能防风雨的煤油灯。人们骑马夜行时可以挂在马身上，故称马灯。

如今，我早已被社会淘汰，被人们遗忘。铁壳锈迹斑斑，昏暗不清的玻璃罩子布满油渍、积垢和灰尘。

恍恍惚惚间，生命好像已经逝去了许多年。浑浑噩噩地，不管曾经多么惊心动魄，全都化为乌有。现在，我身处贵州苟坝花茂村，一个依山傍水、稻香鱼肥的好地方。具体讲，就是在这里的红军马灯馆里安享晚年。

我有一个还算不错的单间，被放置在一个布垫子上，四壁的玻璃是洁净的，顶上自然也是。近旁有一个小小的牌子，上面是打印的文字，简明扼要地告诉来这里参观的人们，那些关于我的陈年旧事。

说起我和我的往事，无论你身处繁华都市还是乡间小镇，或偏僻村落，其实都未必知晓。当然，就更谈不上有多么了解。

不过，每每想到这些，我也不会有多忧愁烦恼，更不会像一些文人墨客描述的那样暗自神伤。不知道自己是怎么来到这个世界上的，兴许是因为某种需要吧，一定是的！这世上的许多族群都会根据自身需要，适时制造一些东西，物尽其用，倍加呵护，然后在不需要的时候弃之如敝屐，任由其在随便什么犄角旮旯儿蒙尘、落寞，及至毁灭。

人类更是如此。

关于这些事，我并没有多么奇怪，也不明白自己是怎么知道的。虽然自己是一盏马灯，是被点亮以后用来给人类照明用的。

照明，是给人类带来希望和美好的一件事，人类可以在明亮的灯光下做许多自己想做的事，阅读、写作、交谈、劳作……我的结构和造型简单，工艺也不复杂，只需一个玻璃罩子，几根粗细适中的铁丝，一个简单的底座和其他一些更简单的配件。总之，人类只要借助极其简单的一些工具，就可以轻松制作出一盏马灯，为他们所用。

人很是奇怪，越是轻松容易得到的东西，就越不懂得珍惜；越是那些费尽周折、历经千辛万苦得到的东西，越会倍加珍视。

我虽然多少懂点儿道理，但很多时候并不能完全把握自己的命运。一只无形的看不见的手在掌控我、操纵我，我不想屈从却又不得不从，是不是很无奈？！从有记忆起，我就发现自己有许许多多的兄弟姐妹，许许多多。当然，其中一些或许跟我有姑表姨舅的亲戚关系吧，谁能知道那么详细呢。长着相似的脸孔，大同小异的造型，被搁置或挂在不同的地方，有的在灶台上，有的在方桌上，有的在低低的横梁上，不一而足，人们根据需要而用。哦！对了，有时还被人提在手上，照亮暗夜的路，陪他去想去的地方。

许多时候，我都不说话，什么也不说，就那样随遇而安，过着有时安定有时漂泊的生活。那是很久以前的事了吧，最近总是莫名其妙地陷入回忆，总是在夜深人静的时候久久难以入眠，总是在闷热潮湿的天气里忍不住想起许多年前那些潮湿的往事。

在什么地方看到一段文字，顺录于此——

"马灯，照亮长征的路！

"不能忘却这一盏马灯！它照亮了漫漫长夜，指引了曲折的道路，见证了中国革命伟大诗篇的诞生——在井冈山的八角楼上，遵义的会议桌上，延安的窑洞中……今天，只要我们传承马灯精神，就能冲破黑暗，走向更加光辉灿烂的明天。"

当然，文中还提到，"收集红军时期的马灯，制作马灯专题展，旨在纪念为中国革命付出鲜血和生命的先驱们"。这句话一下子就显得我们的存在意义重大，不同寻常。

那时的天很蓝很蓝，那时的山很绿很绿，那时的水很清很清。经过些什么事、遇到些什么人、有过些怎样的过往，灯芯点燃时轻舞飞扬的一团团火苗照亮了什么、指明了什么，给这个和平盛世带来了什么，许多时候记忆都已模糊不清，或者偶尔清晰过，偶尔。但如果再往前追忆，倒好像要更加清晰一些，不知道这是不是跟人类一样，年老时对眼前的事情往往记性不好，可是对小时候的许多事情，甚至是非常琐碎的鸡毛蒜皮，也会记得清清楚楚。

那时候，经常会听到那户人家满院鸡鸭愉快的鸣叫声、嬉闹声，还有屋檐下燕子的呢喃低语。

其实很满足那样的年月。

一只雄壮的大红公鸡时常大声地打鸣，每次打鸣的声音都很大很响亮。打鸣前，往往先立定，运气，然后仰首伸脖，底气很足地发出一声接一声"咯—咯—咯—"。无事可做时，就偷偷揣摩，它的打鸣声到底是从胸腔发出来的呢，还是从喉咙发出来的呢？有时，它的叫声会引起左邻右舍的大公鸡随声附和，那也是很有意思的事。更多的时候，它唱歌结束后，会抖动几下它那弯曲的脖颈和三角形的头，此时，火红的鸡冠会跟随头部的剧烈摆动而热烈地跳跃起来，一下，又一下，如同一团炽热的火焰，跃动，跃动。

它周围，几只或白或花的母鸡悠闲地觅食，其实根本用不着四处寻觅，主人早已把一些谷糠米粒什么的备好放在食盆里。只要愿意，也可以去院门外的小径旁啄食一些小花小草的叶子，或是蔬菜地里低矮处菜蔬的败叶。

于它们而言，现实是快乐的，生命是美好的。

围着母鸡们转悠的，是一群毛茸茸的小鸡，它们像一个个被缠成小鸡造型的毛线团一样，满地乱动，煞是可爱。多数时候，那帮小家伙都紧跟在母鸡妈妈身旁，有时也有那调皮的玩到忘我，忘了跟着鸡妈妈的脚步一起行走，以至于掉队。突然抬头四顾，不见鸡妈妈和兄弟姊妹时，一定是惊慌失措的，不知道离开鸡妈妈后会落入怎样的危险境地。但这种害怕会驱使它发出一声接一声几近声嘶力竭的求救声，鸡妈妈这时也会应和着小鸡的求救，发出一阵"咯咯"声。于是，小鸡循了鸡妈妈的声音，立刻飞奔而去，直至再次扑进鸡妈妈的怀抱，回到兄弟姊妹们中间。

小鸡在突然发现鸡妈妈不见时，会不会情急之下泪流满面呢？这是我想了许久都想不出答案的问题。重回鸡妈妈的怀抱时，会不会喜极而泣呢？

大公鸡很满足于这样衣食无忧的状态，吃饱喝足后，要么挺胸凸肚地在院子里踱着方步，要么找个舒适的地方打盹儿，要么跳上院子不高的矮墙，假装漫不经心地瞅一眼其他公鸡的现实生活。有时，也走出院子，在方圆若干米的地方随性溜达，或是去跟其他公鸡理论一些事，谈不拢的时候就跳起来互相掐架，有时是象征性地彼此胡踢乱踹几下了事，有时则会下狠手互相撕打。

从往事的记忆中回过神来，已经从早晨到了午后。刚刚下过一场淅淅沥沥的太阳雨，人们有打太阳伞的，有戴太阳镜的，还有穿雨衣和打雨伞的。隐隐约约地，听到"重走长征路"的话题，有的人帽子上、胸前的徽章上，甚至挂的胸牌上都印着这样的内容，红的帽子、红的旗帜……长征，一个多么熟悉而陌生的词汇啊！

当他们走过我身旁，把脸凑到玻璃展柜上，仔仔细细地盯着我看，我都不会有丝毫介意。走过一些路，经过一些事，见过一些人，吃过一些苦，不管算不算经历，都不会再大喜大悲。

只因在我的头顶，一盏通着电线的明灯高挂空中。正是电的到来，彻底改变了人类世界，也彻底改变了我的人生轨迹。

在这世界上，该来的就让它来吧，如果你阻止不了的话；该去的就让它去吧，如果你无法挽留的话。

与一只蝴蝶的偶遇

上车，入座，轻轻系好安全带，心情因为刚才的忧伤却还不曾缓过劲儿来。中巴面包车尚未启动，郁郁独坐，神情稍稍有些落寞。

突然，余光发现附近有什么东西在隐隐地动。定睛一看，车窗玻璃内侧有一只蝴蝶。灰黑的底色，上面布满一些不规则的白斑点，从翅膀的根部向翅尖方向，颜色渐次变浅。屏住呼吸仔细看去，一双翅膀一会儿轻轻打开，一会儿又轻轻合拢。两根细长的触角，微微颤动。

这是眼前真实的一幕，却又像是根本不可能存在的假象。

看不出它的渴望，更不明白它的方向。

车子开动了，它依旧停留在那里，不惊慌失措，也不跌撞忙乱，从容不迫，安闲优雅。

情绪渐渐趋于平静。望着车窗外大渡河里汹涌奔流、澄澈透亮的河水，还有快速掠过的树木山峦，偶尔闪过的路边建筑物，以及绵延不绝仿佛总也到不了头的铁塔和银线，刚才的一幕又涌上心头。

参加"重走长征路·光明行"活动，走进四川甘孜，其中一站是参观大渡河及红军的相关史料展览，了解当年22位勇士抢渡大渡河、飞夺泸定桥那几乎家喻户晓的感人故事。

泸定桥始建于清康熙四十四年（1705年），第二年四月建成。桥长百余米，宽3米，桥身由13根紧紧锚固于大渡河两岸的铁链组成。多年前，泸定桥曾是川藏两地的交通要道，后又成为战争时的军事要津。1935年5月29日，中国工农红军第一方面军长征至此，经过数小时的殊死搏斗，终于从敌人手中夺得泸定桥，取得长征途中的重大胜利。毛泽东主席曾在《七律·长征》中写下了"大渡桥横铁索寒"的诗句，每每读之，总有一种难以言说的惊险悲壮之感，仿佛都能感觉得到那种深入骨髓的寒意。

实则远远不能。

　　还未踏上期待中的泸定桥，远远地就已经听到从上游山峡直泻下来的大渡河水，猛烈地撞击在沿途的岩石上，发出震耳欲聋的巨大浪涛声。心情忐忑地准备走上桥头，发现时隔80年的今天，泸定桥依旧像80年前那样，离水面有好几丈高的距离，桥身依然由13根结实粗大的铁链组成，历经几百年的风雨沧桑，也静观几百年的风云变幻。其中4根分列两边——两边各有两根，如果要算作桥栏实在有些勉为其难。

　　再往下看，只见桥下的9根铁链上只是铺着些薄的木板，那些木板也不是一块块地紧密相连铺满整个桥面，木板跟木板之间，彼此都有一定的距离，透过木板和木板之间那些骇人的缝隙看下去，呼啸奔腾剧烈翻滚着的河水实在让人触目惊心，那是非亲历而难以真切感知的胆战心惊。低头只看了一眼，我立时就被吓得魂飞魄散头晕目眩，一种从未有过的深深的恐惧感顿时涌上心头，失声喊道："啊！我不要过去——"声音明显是已经变了调子的颤音，人也因过于紧张而面容失色。

　　战战兢兢地把脚踩在木板上，桥面既因铁索本就不稳当，又因其他人的走动影响而摇来晃去的。站在桥上，仿佛荡秋千一样，根本就迈不开脚步，也不敢挪动。近旁的朋友赶紧拿过我手上的相机，我用腾出的双手紧紧拽住桥栏上的铁索，腿也因极度紧张而有些发抖，整个人几乎僵在了那里，一动也不敢动。

　　感谢同行的作家们好心相帮，我愣是被连拉带拽地从桥这头到了桥那头，总算没有"掉队"。

　　文字，无论多么客观真实或冷静清醒的文字，无论多么让人感同身受的辞藻，其实都远远无法跟现场的真实相比。这些年来，也不是没有去过艰难险峻之地，然而泸定桥给我带来的却是真真切切刻骨铭心的恐惧。唯有"恐惧"二字，方可勉强形容我当时内心恐慌的程度。

　　红军飞夺泸定桥纪念碑前，伫立着沉默不语的22根石柱，有的上面镌刻着勇士的名字，有的名字位置却是空的，有的石柱上镌刻着勇士的浮雕头像，有的则只有"中国工农红军第一方面军"的鲜红旗帜。

　　红军飞夺泸定桥纪念馆里真实记录的文字资料，和历经几十年风风雨雨保存下来的珍贵图片资料，还有那一件件旧物，都深深地刺痛了我。那象征着军民鱼水情深的坛坛罐罐、水葫芦、背夹，那曾跟随红军战士南征北战的马镫，那装过生米的口袋，那布满补丁、破烂不堪的血衣，那烈士们生前曾使用过的遗物，那锈迹斑斑的一段铁索链……让我的心情一沉再沉，心也一紧再紧。

22 位勇士冒着炮火和硝烟，浴血奋战，出生入死，他们也不是个个都留下了姓名供后人缅怀。可即便留下姓名又能怎样呢？！联想到沿着川藏线一路前行途中目光所及的景况，既无论崇山峻岭多高多险，也无论那山是被茂密的森林层层覆盖，还是布满经年累月密匝匝的灌木丛，或只是光秃秃的不毛之地，山顶或半山腰上，必定巍然仁立着一座座银光闪闪的电力铁塔，一组组银线在铁塔与铁塔之间跃动，给康巴藏区的牧民们送去光明，也送去人类文明的火种。

然而，我们的光明使者呢？我们的电网建设者呢？世人又有几个能知道那些与大自然不懈抗争、战天斗地的电网建设者的姓名呢？又会有谁在什么地方为他们树碑立传呢？有没有一个电力建设者纪念馆可供人们参观凭吊呢？许多个问号在心里层出不穷，可是，没有答案。

在川藏联网工程最艰险的路段，即便是运送材料的驴子都不堪忍受路途的险峻和环境的恶劣，宁可跳崖身亡也不愿继续前行！而电网建设者们硬是凭着坚强的意志，竖起了一座又一座巍峨的电力铁塔，把一条条举世瞩目的电力天路架设在了雪域高原。

走出红军飞夺泸定桥纪念馆时，突然就悲从心起……而眼前的这只蝴蝶，这只扑簌簌扇动着翅膀的蝴蝶，究竟是大渡河上勇士的精灵，还是电力天路上建设者的英灵，或者，是在于都河畔曾遗失的那只？

一个被传颂百年的名字

　　毛泽东主席在延安时期曾做过许多精彩演讲，其中一篇著名的演讲《为人民服务》是在张思德同志追悼会上做的。那是1944年9月的一天，高原秋来早，站在户外穿一件单衫已有些凉意，毛泽东主席站在延安枣园西山脚下的小操场上，穿着一身灰黑色极普通的衣服，裤子的膝盖部位还被打上了两块补丁，脚上则是一双手纳的千层底布鞋。

　　从那时起，张思德的名字即传遍全军，传到全国，并传颂至今。

　　"重走长征路·光明行"活动从江西赣州于都出发，途经贵州、四川、甘肃等地，抵达延安时，整个活动已近尾声。

　　翻开历史那厚重的一页，我发现红军在延安时期，条件一度十分艰苦，毛泽东主席针对这一状况，以张思德同志的感人事迹为例，深入浅出地讲述为人民服务的道理。他说："人总是要死的，但死的意义有不同。中国古时候有个文学家叫做司马迁的说过：'人固有一死，或重于泰山，或轻于鸿毛。'为人民利益而死，就比泰山还重；替法西斯卖力，替剥削人民和压迫人民的人去死，就比鸿毛还轻。张思德同志是为人民利益而死的，他的死是比泰山还要重的！"

　　站在红军长征胜利80周年这个节点回头望，101年前，张思德出生于四川仪陇一个贫苦人家，尚在襁褓中时，亲生母亲就因饥寒交迫不幸病故，父亲常年在外扛长工打短工养家糊口。后张思德流落他乡，好心的婶母收留并抚养了这个苦难的孩子。张思德小小年纪就十分懂事，6岁时就跟着大人一起下地干活，割草、挖野菜、捡蘑菇、采松果……什么活儿都干。

　　红四方面军解放仪陇县时，年仅17岁的张思德第一个报名参加少先队，成为全乡第一位少先队队长。同年10月，张思德加入红军。他曾担任县独立团二营通讯员、省军区指挥部政治部交通员、特务连班长。1935年随红四方面军参加长征，次年到达陕北，又一年后加入中国共产党。

延安时期，他先后担任过云阳八路军某部留守处警卫营班长、中央军委警卫营通信班长等，部队合并整编后，到中央警备团 1 连当战士。1944 年初，主动报名参加中央机关组织的生产小分队，到离延安 70 多里的安塞县生产农场，被选为农场副队长。数月后进安塞县山中烧木炭，在阴雨霏霏的九月，和战友们在山中赶挖新窑时遭遇崩塌，危急时刻，他把一旁的战友推出窑口，自己却被坍塌的土窑埋住，献出了年仅 29 岁的宝贵生命。

毛泽东主席亲自参加追悼会，敬献花圈，亲笔题写"向为人民利益而牺牲的张思德同志致敬"的挽词，并发表悼念讲话，对张思德全心全意为人民服务的革命精神和境界给予高度赞扬。

2009 年 9 月 10 日，张思德被评为"100 位为新中国成立做出突出贡献的英雄模范人物"之一。

张思德是一名平凡的战士，却成了时代的楷模，成就了伟大的精神。张思德精神具有永恒性也具有发展性，在不同时代都具有引领作用。它吸纳了中华民族传统文化的精华，秉承了中华民族的传统美德，顺应时代潮流，与时俱进地不断增添鲜活的时代内容。

如今在延安，"张思德"已经不单单是那个为了中国的革命事业牺牲的战士，而是全心全意为人民服务的电力人"名片"。

1999 年，在延安市的农网建设和改造工程中，张思德生前的战友、老红军崔同胜由衷地对电力人说："你们就像当年的张思德！"此后，延安的街头巷尾和山山水水间就开始活跃着一支以张思德的名字命名的电力服务队——国家电网延安张思德共产党员服务队。他们率先在延安市枣园供电所成立了张思德电力共产党员服务队，肩负着枣园镇共 54 个行政村的供电服务，供电面积 400 平方公里，电力客户 7000 多户，逾 5 万人。这不仅为延安供电公司树立了金字服务招牌，更是在国家电网和群众之间建立了紧密的联系纽带！当地老百姓们都说："有困难就找电力张思德！"

张思德服务队的所有队员都熟稔《为人民服务》的全部内容，定期观看电影《张思德》，到枣园毛泽东《为人民服务》讲话台张思德纪念碑前缅怀先烈，接受准军事化管理与训练等。

在安塞，在枣园，在革命圣地延安的每一条街道和每一个村落，都有张思德电力共产党员服务队队员们忙碌而又急匆匆的身影。在走村入户服务过程中，队员们了解到，有不少老红军、五保户、孤寡老人、残疾人等特殊用户，生活困难，交不起电费，服务队就建立了特殊用户、生活困难户爱心档案，队员们自掏腰包支付这些特殊用户的电费，而且每逢节假日，队员们还利用休息时间，为这些特殊用户送去日用物品，给他们打扫卫生、洗衣担水，与这些弱势群体建立了浓厚的情谊。

随着"红色旅游"日渐火爆，张思德电力共产党员服务队在定期、定时检查电力设备设施的基础上不断增加检查次数、加大巡视力度，对枣园、杨家岭纪念馆、宝塔山等多个红色景点进行悉心守护，确保景点的安全可靠供电。

队员们几乎每天都前往各红色景区与负责人进行对接，严格检查景区内的进出线、用电设备、用电负荷等情况，坚持一天巡视一次设备，每天在用电高峰期开展重点设备红外测温及夜间巡视工作，并主动在景区增设党员保电流动岗。同时，服务队还从完善服务机制、修订保供电应急预案、加强抢修服务等关键环节入手，不断提升供电可靠性和电能质量。强有力的电网保障使延安红色景区旅游旺了。

在红色文化的浇灌下，延安迅速成长，已经发生了并正在发生着日新月异的变化。延安的未来，必将更加璀璨。

第二辑

走马观花花非花

让我变成海边的一棵树吧

泉州，你跟我有什么关系？

No，木有。

泉州，我跟你有什么关系？

No，也木有。

当北方已经越来越冷，越来越冷，走在大街上的人们都把自己从头到脚武装得严严实实时，南国却是想不到的旖旎风光。噫？用"旖旎"这个词对么？稍稍有些犹豫。先这样吧，反正一时没找到更合适的，姑妄用之。

那天夜里，一出泉州机场就开始脱衣服。准确地说，应该是一下飞机，在廊桥上就开始从最外层脱起。黑色漆皮羽绒服自然是穿不成了，黑色连帽T恤穿着也感觉有那么一点点热。但是用"热"来形容似乎也不是那么妥帖，因为温度并不甚高。可是你就是觉得穿着长衫有那么一些不适感。

说不清楚，道不明白。

后来，当这种感觉一直持续时，突然悟了。那真的不是北方人所说的那种燥热或闷热，而是沿海城市的一种湿热，像极了一场大暴雨的前奏，或是雨后未晴时的黏腻。但却并不令人有多讨厌，那样的湿度，尚且不到无法忍受的程度，还是在人们普遍可以承受的范围以内。而且有一定湿度，皮肤就不会觉得有多干燥，甚至还能让你感觉到舒适。

两个多月持续的脑补，各种脑补，关于文学的政治的经济的文化的文艺的农业的科技的等许多东西的灌输，终于有一次"放风"的机会，那该是怎样的一种欣喜啊。

街头看到的树，大都多根，枝繁叶茂，绿树成荫。有的树上还开着或鲜红或玫红的花朵。花儿并不大，却开得热烈浓艳，渗透出蓬蓬勃勃的生命迹象。

短暂的行程急促而紧张，每到一个地方，根本容不得你对周遭多看几眼。

虽然不是跟团旅行，但却跟那种节奏差别不大。主办方提前给过我们一

份精确到分钟的行程安排，你可以知道某月某日的某时某刻身处何地，观看何种景致，当然，如果你愿意，完全可以提前做足功课，找"度娘"进一步了解这些景致背后的故事，前生，后世，以便于在真正身处其中时，能轻松自如地了解。在别人还表情懵懂时，你已了然于心。

但我不是那样的一个人，许多东西如果一眼望去就知晓答案，将是无趣的、索然的、缺乏吸引力和想象力的。不可知的遇见，和那种遇见背后的故事，才是我所渴望的。虽然那种渴望的情绪有时并没有多强烈，但有渴望和没有渴望，产生的效果却是大相径庭的。

泉州草庵、三创园、五店市、海交馆、开元寺、天后宫、泉州府文庙……莫不如是。

五店市，有些奇怪，它虽名曰"市"，其实不过是一条街道，一条石头铺就的可以轻松过去一辆机动车的道路，但却并不通车，只有行人可以通行。道路的两旁是纵横交错的一些院落，高门大户，庭院深深，许多都是有故事的。那些故事的主人，有文人雅士，在科举制度中一路过五关斩六将，及至成为状元郎；有商贾贩夫，凭一己智慧和勤劳的汗水，走南闯北做买卖，渐渐积累财富直至富甲一方。

只是在这个秋冬时节，目光所及的并不是它们昔日的辉煌，而是它们多年后的风韵犹存，或者，其实仅仅只能是风韵犹存的表象。因为内在的文化内涵和精神气质，全都在商业化的锻造之后，荡然无存。这样说着，好像也有些不对。因为那些雕梁画栋的墙壁门廊，那些造型别致的，混杂了东南亚元素和中华文化的屋脊和屋脊上的雕塑等，还有房屋的结构布局，被岁月浸染过后颜色晦暗但仍醒目的匾额、门楣、门窗，以及被悉心保护下来的木雕、砖雕、石雕，还有古意盎然的木桌、木椅。

它们，是不是可以被叫作文物？或者说，是准文物呢？

五店市并不算十分商业。跟北京的后海和南锣鼓巷相比，跟西安的回民街相比，简直就"弱爆了"。但这或许只是这个时段看到的它，并不代表它一直如此。谁敢说当黄金周到来时，满大街镶嵌在路面中间的每一块石头上，一定不会站着来自祖国四面八方甚至世界各地的游人？

五店市还是商业的。

在我们历时一个小时左右，散漫地四处游逛时，到处看到的，除了展示的房屋建筑的外壳之外，就是跟其他地方大同小异的旅游纪念品、商店或者小摊位。当然，隐藏其间的也有一两家还不错的书店。出发前借用了一下卫生间的那家画廊，展示的陶瓷作品也是精美的、独特的，环境亦清雅安然，让你瞬间就从商业的纷乱中安静下来。

只是，人呢？

一幢房子若失去了烟火的蒸熏，它就是清冷的，这清冷跟如织的游人无关。

一条街道若失去了行人的脚步，它也是清冷的，这清冷跟街上与它并不沾亲带故的游人也没有任何关系。

眼前的一切，看上去都热热闹闹熙熙攘攘，貌似很繁华的样子。导游通过耳麦卖力地讲解着她们早已熟烂于心的那点儿内容。这个地方的长宽高，这里曾经于历史上的哪一个年月发生过些什么事情，有过哪些大人物曾在这里做过短暂停留，或是曾因依恋而居住了好些年月。他们，她们，曾在这里创作了一些什么，创作过一些什么。这些创作，并不完全是文学的、艺术的，有时或许建造一幢可供后人敬仰赞叹的宅子，哪怕私宅，某种程度上也是一种创作。虽然这种创作更多的应该是创造，但我更愿意将其归于创作的范畴。

反正，就是想这样说。

短暂的停留，匆忙的脚步，匆匆的一瞥，今天，不，现在就要离开厦门了。

有什么感觉，有什么复杂或简单的感觉，很难说，很难一两句话就说得清楚。离开前一天下午，跟两位姐姐一下午的相处，是愉悦的、欢欣的。平常虽也在一个大环境里，见面的机会也多，但多是浮于表面的相互问候，有时也有关于某个话题的讨论，也多是客气的、理性的，是经过冷静思考的语言表述。

当天下午，她们看到我淡淡的忧郁，和眼神中不经意间滑过的一丝落寞，对我颇多安慰和照顾。其实自己并没觉得有什么忧郁，有多少忧郁，甚至，有什么理由而忧郁。但，她们还是看出来了。而且两人坚持认为，我是忧郁的。

那好，就算我忧郁吧。

那种忧郁其实还不能算是真正意义上的忧郁，只是有些说不清楚的小小的失落感，不知该如何是好。

在那样的一个午后，我们结伴而行。漫无目的也不要目的地在城市的街道上行走。看到不错的巷道就径直走进去，左瞧瞧，右看看，这里拍拍，那里停停。没人关心我们在寻找什么，发现什么，也不需要别人关心我们的寻找和发现。

那些曲曲弯弯的道路，它们是有烟火气的、有人情味的道路。我们随性地走着，随性地买一些吃食，酸奶或者水果，又或是一大碗面。我们愉快地吃着，开心地聊着。当时是开心的，应该是开心的，真正意义上的开心。因为在当时和之后回想起来，留下的都是开心的记忆。

一起走过的那些街巷，她们推心置腹说出的话，都令我十分感动。

猫咪博物馆是意外的遇见，吉吉面馆是意外的遇见，甚至公园里人们的闲适，也都是意外的遇见。当然，厦门大学校园的美丽，和那些几乎高耸入云的椰子树，也是意外的遇见。

那么，意料中的遇见到底是什么？不知道，也不想知道。

只记得，离开厦门时走的那条路叫东渡路。

途中的田野里，有许多的芭蕉树。许多，许多。

记住一座城，因为一个人

去那里之前，不曾想过会从那里得到什么，因为起初那不过只是一次愉快的放松之旅。去到那里，不曾想到会收获什么，因为貌似满眼看到的和耳朵里听到的，全都是收获。而离开，尤其是离开之后，每每回想起来那次短暂的停留，给自己回忆里一次次增加内容的，却好像都是她的身影。

嗯！就是她。

她个子不高，极短极清爽的头发，打理得整整齐齐，小小的"V"字型的脸庞，白皙的肌肤，清秀的眉眼。是的，她的眉眼给人的感觉是清秀的。薄的单眼皮，不施粉黛，干净的面容上只涂抹着一些必要的护肤品。好看的鼻梁上，架着一副协调的眼镜。

天哪！我要干什么？身为一名女性，何以对另一名女性有如此细致的观察？我想做什么？赶紧捂脸逃遁。

其实我什么都不想做。真的！只是在一次次打捞记忆时，每次首先捞上来的，好像都是她外在的形象。这实在是一个看脸的时代，但有时候又不仅仅只是看脸那么简单。

她是那样一个让你过目难忘的女子。而这样的女子，更像是写字楼里的白领。有自己稳定的职业，有幸福美满的家庭，有乖巧可爱或者聪慧懂事的孩子。一家人和和美美，夫妻俩各有各的忙碌和闲适安稳。

无论如何，一个人的经历是写在脸上的。如果她过得屈辱、逼仄、艰难……衣食有忧，人生悲催，怎么可能那样从容不迫？

打住吧！不能再这样没完没了好不好。

可这句话也不对，咱这也不是没事干无中生有地瞎嘀嘟，完全是现实中经历之后的记忆留存，是对美好事物的念念不忘。

请务必不要乱猜她的职业，因为她的职业一定不是你猜测的那样。

她是一名讲解员，是天津市梁启超纪念馆的一名讲解员。

讲解员是她的职业。很显然，她热爱它，热爱它给予自己的一切，以及那一切背后的所有。好的，不好的，她都全盘接受。

我们在一起的时间并没有多久。在那个满打满算也不到两天的天津之行活动中，行程十分匆忙。官方的，私人的，参观、座谈、看相声，品家宴、尝小吃、享用各种美味……许多个项目中，跟她的谋面其实真的不曾有多少。但却是那次经历中给我留下印象最为深刻的，以至于每次回想天津之行遇见的种种，首先出现的就是她理性的微笑和她那令人过耳难忘的声音。其次，还是。

之前曾多次到过天津。几乎每一次，都毫无例外地跟工作有着千丝万缕的关系——是因为我自己的职业。

去过许多地方，大多数或者说绝大多数，都跟我的职业有关。

天下的许多事，都是没有办法的事。许多时候，你得学会适应，学会接受。无论好，或者不好。

我的职业是好的，它可以让我拥有有别于其他人的不一样的经历和人生。因了它的机缘，可以四处去游走。在完成一次次任务的同时，拓宽视野，让自己的生命丰沛而饱满。又因为这个职业，几乎每次去一个地方时，大都跟工作有着扯不断理还乱的联系。这样的联系，不是说不好，但也不是就有多么好。只是觉得每次到一个地方时都目的性太强，总是要为了什么。而那个所谓的什么，往往都是没完没了的采访、采访、采访……倒不是一定就说那些采访有多么重要，可是即便不过是一个饭碗，还是得认认真真完成。因而思想终归是不放松的，是紧绷的，是时时有任务的那种喜欢的无奈，幸福的烦恼。

没有别的意思，真的没有别的意思，只是期盼什么时候能去一个地方时是轻松的，是完完全全彻底的放松，不用时时刻刻都要眼观六路耳听八方，看的、听的、想的，全都要有某个结果或者目的。

天哪！累不累？有时这样问自己，累？累！累么……已经无所谓了。

可是无论怎样，那次的天津之行都是彻头彻尾的愉快，简直太愉快了。因为出发前，没有任何人给我派活；到达后，也没有任何人命令我做什么，或者必须做些什么。

一切都随性而自由。

那种随性，是快乐又愉悦的，是难得和难忘的。

即便那样，也不是每一个遇见的人都会在记忆里留下印迹。他们和她们中的大多数或者说绝大多数，都不曾给我留下些什么记忆。我太想放空自己了，太珍惜这难得的放松了，怎么可以随随便便就允许什么人的事情都挤进拥挤不堪的大脑！

不是刻薄，实在是当一个人时时处在几乎没完没了的高压下时——不对！是长期处于那种高压下时，总是深深渴望能有放空的时候。

絮絮叨叨啰里啰嗦了这么多，没有别的意思，只想表明一点，在这样的状况下，那位不能算作美女的美女讲解员，能够引起我的注意，并且在脑海中留下印迹，实在也是不易。当然，这也是我的荣幸。

她是敬业的。她把自己的职业当作事业来做，深深地热爱着它。并且为了它，做出了许多的努力。比如，她告诉我们，她不停补充完善自己的讲解内容，经常时不时地自我充电，力求自己的讲解能够尽善尽美。比如，她会努力考取一些资格证书、职称或者其他。最主要的，是她把梁启超的大量资料进行咀嚼、消化、吸收后，转化成了自己的东西，经过沉淀后融入自己的思考，而不是单纯意义上平面的讲解。

她在讲解过程中对我们所提问题的回答——那些回答，几乎无一例外地被她脱口而出，被她轻易地就从记忆的宝库中找寻出来，仿佛它们一直就在那里等候，专等我们提问，然后再等她和盘托出。

感动的还有她的着装。她虽是讲解员身份，但却并不是穿着那种极其大众化的讲解员服装，制服化、统一化，带着一种极不合体的宽松，一种极不高级的大众和普通，你看一眼就忍不住将视线挪向别处。

她不是。

当天的她，穿着一身合体的职业套装，裤装、高跟鞋。衣服一看就是品质很不错的那种，面料好，做工细，干干净净，清清爽爽。让你看一眼，还会忍不住想再看。她不漂亮，很明显，但她却是美丽的。她的美是通过她的发型、她的服饰、她的谈吐、她的知识的丰富程度等，一并显现出来的。她的美，美则美了，却不会给你一种压迫感，或是敬而远之的疏离感。让你自然而然，不知不觉间就被吸引，并被深深地吸引。

当有人按捺不住强烈好奇的冲动，向她索要联系方式时，她莞尔一笑，只提供了一个固定电话号码。她的解释是，出于对自己职业的敬重，她不会随时都带着手机，但她会在固定的时间段接听电话。在手机已成为人类"假肢"的今天，我更愿意相信，这是她在刻意与喧嚣芜杂的现实保持距离，让自己保持清醒的头脑，安心做自己喜欢的事，并努力把它做到最好。

那次，除了梁启超纪念馆，还参观了鸿顺里街二五四社区、银博缘众创时代、巷肆创意产业园、鸿德文化艺术馆、李叔同故居纪念馆、曹禺故居纪念馆、海河意式风情区等，途中顺便去了北宁公园。还吃了耳朵眼炸糕等天津小吃，观看了一场正宗绿色环保低碳的天津相声。

想念一座城，因为一个人。

其实，也没有什么不可以，不是吗？嘻嘻。

一趟说走就走的出行

　　早晨起来就没见到太阳的脸，推窗去看，天是阴沉沉的。又过了一会儿，再次去看，有雨丝轻飘飘地飞落。拖着行李步出电梯，发现地上是湿的，雨似有似无，路上有人打伞，也有人把伞拿在手中。

　　小心翼翼地躲避着水坑，径直来到公交站牌前等车。这是一个考验人耐心的事，往往你要坐的车左等右等就是不来，你不准备坐的车却接二连三，仿佛故意跟你寻气。五分钟，十分钟，十五分钟，有些不能再忍，暗暗告诉自己，如果下一个五分钟之内，这个不守时的家伙再不来，就果断换车，毫不犹豫。

　　突然就眼前一亮，两辆车一前一后摇头晃脑地来了。我拎着行李就踏进车门，心里那点小小的愤愤然立时就不见了。

　　在火车站取票时，突然感觉身后站了个人，我吓了一跳，一手拽紧刚打出来的火车票，一手拿好身份证，这才转身去看。一个穿制服的中年男子站在我左后方，手里还拿着个对讲机。"你刚才取的是哪天的票？"他问。"今天的呀！""我看看。"我心里有些狐疑，但还是把车票递了过去。他很是仔细地看过，然后又递给我，没有吭声。但还是感谢他的敬业，也许他刚才站在我身后看到我订好的还有其他票，担心取错票、坐错车。走了几步，又觉得似乎应该跟他说声"谢谢"。再次转身时，他已离开，正在向远处走去。我木木地站在那里，为一开始对他好心的误解而觉得有些歉意，仍旧低声说了句"谢谢"方才释然，向进站口走去。

　　清晨的软卧候车室里，除了工作人员，只有一两个闲坐的旅客。放好行李，打开随身带的书，很快沉浸在文字的美妙世界中，直到被提醒，可以准备进站了，才装好书，又从容地上了趟卫生间。期间，几次有工作人员站在附近的大玻璃窗前，抬头仰望外面，嘴里念叨着："还下吗？好像不下啊！咦，又好像还有点雨，就是有点小。"

走到工作人员说的"4号站台"，傻眼了！门怎么锁着？这可怎么走呀！情急之下，放下拉杆箱，背着背包一路狂奔到候车室门口，向里声嘶力竭地大喊："4号站台门锁的，出不去！"连喊几声，才从旁边一个房间里出来一个穿制服的工作人员，慢条斯理的，并不着急。他一翻眼睛，不耐烦地说："喊什么喊？火车还没到站，你上得去吗？"我一愣，也喊道："我怎么知道火车来了没有啊？是你们同事让我出来的。"他又转身用对讲机说了几句什么，然后才慢吞吞地向4号站台走去，我跟他保持距离走着，心里还是憋着一些未消的火气。

这时，一列火车慢慢驶进站台。

走过打开的门时，有一瞬间，想对他说句"谢谢"，但还是被那点残存的火气给控制住了。我双唇紧闭，迅速通过，快速走下台阶，走向将要乘坐的火车。

火车刚刚停稳，乘务员也刚刚站好位置。面前的车厢里第一位乘客一脸倦容地提着行李走下车，接着是第二个、第三个……My God！这节车厢的人全部都要下完了吗？我暗自嘀咕。反正就这样了，等吧！好不容易等到终于没人往下走了，乘务员噔噔噔踩着梯子返回车厢，放开嗓子大喊："西安站到了，还有人下车吗？还有没有人下车？"

我还在努力耐着性子等她，旁边另一位却等不及了，踩着梯子就准备上车。说时迟那时快，不远处一个穿制服的站内工作人员立刻快步走来，厉声喝道："把车票拿出来！"那人取出车票，他拿在手上仔细地看了，又拿过我的车票，也仔细地看了。这时，喊过几嗓子的乘务员又从车上下来，再次拿起我们两个的车票仔细端详，他们两个人还不慌不忙地说着什么，全然不顾坐车人的着急。

也有开心事。乘坐的那个软卧车厢里空无一人，暗自窃喜。

放好行李，没人进来。

取出书，还没人进来。

又取出电脑，依旧没人进来。

车厢微微抖动了一下——车开了，还是没人进来。

敢情坐车前偶遇的种种，全都是为了这个"包厢"，即便真是这样，那也值了。

一边整理这几天拍的照片，一边时不时地瞅一眼窗外。偶尔有细细的雨丝在下落途中经过车窗时，划过一道道"痕迹"，所谓的痕迹，其实不过是断断续续的一道道雨水，倾斜的角度各不相同，那断开后的雨滴也有大有小。不知道是受车速影响，还是因为雨滴下落时与车窗的夹角不同。总之，它们就是那样的不齐整、不规矩，兴之所至，随心所欲。

又过了一段，也不知道到了哪里，窗户玻璃上雨的痕迹越来越多，越来越多，有的痕迹不再自始至终维持"线"的感觉，其中一部分雨水受重力作用，向下慢吞吞地滚动，同时又因为车在前行，反作用力使它并不是垂直地向下，而是向右下方滚动。这样一来，车窗玻璃便不似先去那般清爽，尽是各种痕迹明显或不明显的斜线。乍看去，有斑斑驳驳的感觉，像是刚学油画的学子，在画布上信手涂抹的结果。

窗外的地上，也是湿的，有的地方有深浅不一的水坑。近处的植物因为吸饱了水分，绿得喜人，颜色也有渐变、有层次。也有的地里是黄绿相间的庄稼，有的地里则是橘黄色的已经成熟了的庄稼。远处的山势，笼罩在朦朦胧胧的雨雾中，若隐若现，时隐时现，如仙境，如幻境，如梦境。

窗外的雨理应不是太大，但却并不见乡间小道或者山径上有人的身影。偶或闪现几间瓦房，也不见屋前有成群结队的土鸡，或一两只看家的狗。眼前的环境是真实的存在，却又好似虚幻的假象。

午休起来，神清气爽了许多，抬眼望向窗外，窗户玻璃此时更加斑斑驳驳，大小不一的水滴无序排列，像是要故意遮蔽外面的景致。天空依旧是灰色的，只是灰的调子比先前略微浅了些。也可以说，它变得比以前亮堂了许多。

是正午的缘故吗？

地面依旧是湿的，山是湿的，树木花草是湿的，房屋建筑也是湿的……整个世界都像是用一把巨大的洒水壶喷洒过一般，变得湿漉漉的，不知道除了这没完没了的湿，还有什么可以再次出现在抬头的一瞬间。

火车继续前行，一路前行，按照既定路线或快或慢地前行，好在也不是多么颠簸难挨，以至于有时甚至忘记了身处何地，或许也是沉溺于自己的事，不过多去思考周围的环境所致。

喝水，又喝水，总难免要去卫生间的。

随手关门时可能过于用力，离开时只听"嘭"的一声关上了，还以为只是闭得比较紧而已，并没有太多在意。只是回来的时候，怎么用力去拉门都不开，无奈之下准备去求助乘务员，但是门上挂个牌子，客气地说她在隔壁车厢，不敢走得太远，怎么办？转而求助隔壁铺的乘客，那看起来胖胖的帅哥并没有意识到门有这么难开，以为不过是我的力气过小所致，他稍稍一用力，门不开。再用力，还不开。使劲用力，门仿佛憋着一股子劲儿似的，不开不开就是不开。

帅哥尴尬地笑了，说："是不是你出来的时候门后面的扣子不小心锁上了？""不知道啊。"我一脸无辜。

再次去乘务室，这次发现那块牌子的下面有列车长的联系方式，太好了！赶紧拨过去，说明原因，很快从车厢一头过来两位身穿制服的人，走在前面的问："是你刚才打电话吗？""是啊，"我说，"自己不小心把门给反锁上了，里面也没人，就进不去了。"他取出钥匙，轻而易举地就把门打开了。跟在他后面的列车长也说了些什么，反正都是嘱咐再关门时一定要小心云云，然后两人就离开了。

隔壁帅哥见门已经打开，也没啥事了，就悻悻地离开。我也松了一口气，赶紧进去，关门。

这时，窗外的风景已经换了频道，窗户玻璃上的雨滴全都消失得无影无踪，只留一些污秽的痕迹，给窗外那些快速掠过的山水植物和庄稼地全都蒙上了一层不洁。

庄稼，上午还是或黄或绿的呢，这会儿许多地里已经被收割得干干净净，只有短短的茬子还在地里。这个季节是什么庄稼收割了呢？麦子、稻子，还是？应该是麦子吧？大片的并不像是稻田。新麦子，一想到这里，就不能克制地要去想那些跟它们有关的记忆——白白的新麦磨的面粉、白白的新麦蒸得松软又散发着麦香的馒头、筋道的宽面或者细面……一想起来，根本就不能停止，吃，美味的吃食任何时候都是令人心驰神往的，自己怎可例外呢！

只听乘务员一声大喊："河南南阳到了，这边下！"火车便停住了。原来刚才那一大片麦茬都是河南的麦子地啊，看来，今年又是一个丰收年。

一只雄鹰从成陵腾空而起

因为种种原因，多次到过成吉思汗陵。

水草丰美的内蒙古大草原上，湛蓝的天空中一朵朵一团团的白云，悠闲地飘来飘去。雪白的羊群缓缓地在绿绿的草地上移动。马儿一边吃着青草，一边漫无目的地偶尔抬头东张西望一下，惬意、安详。离它们不远的地方，有一个石头堆。石头堆的旁边长着两棵高大茂密的白杨树。微风吹过，白杨树的叶子"哗啦啦"唱着欢快的歌。

"（男）十五的月亮升上了天空哟／为什么旁边没有云彩／我等待着美丽的姑娘哟／你为什么还不到来哟嗬／（女）如果没有天上的雨水呀／海棠花儿不会自己开／只要哥哥你耐心地等待哟／你心上的人儿就会跑过来哟嗬……"这是一首流传很广的蒙古族民歌。一对正值青春的男女相约敖包，互诉爱慕之情。自从这个敖包得知这一消息，便无比兴奋和喜悦。自己将要亲眼见证一段爱情，无论这段爱情的结局如何，都将是十分激动人心的事！每次想想都忍不住要乐开怀。敖包相会之事，毕竟不是每个敖包在有生之年都能遇上的。

成吉思汗陵景区内有个硕大的敖包，由许多大小不一的石头堆砌而成。每一个到成陵旅游的人，大都会在导游的一番讲解之后，捡拾起一两块石头，绕着敖包顺时针转三圈，然后将石头扔到敖包上，所愿爱情甜蜜美满、有情人皆成眷属。

愿望总是美好的。不能知道，也无法知晓，每一个祈祷过的人是否最终都心想事成，是否都会有美满的结局。只是这个敖包的体积越来越大，高度也在逐年递增。大大小小的石头，每一个都代表一个美好的夙愿，每一个都代表一段潜在的美好爱情。

问世间情为何物，真叫人生死相许。敖包相会的人儿啊，你们的爱情可经得住岁月的磨砺，可经得住柴米油盐的侵蚀和锅碗瓢盆的碰撞。在漫漫人生路上，会不会被现实中的庸常琐事淹没，成为手中一截可有可无的鸡肋？

成吉思汗陵里面陈列着成吉思汗生前用过的弓、马鞍等遗物及蒙古族的一些物品等，四壁绘制着介绍成吉思汗生平的壁画。2006 年，中央美术学院专业人士再次进行了重新绘制，虽然比以前的壁画更为气势恢宏，但我还是更喜欢以前的那种感觉。

那几年，这里一直在修建新的旅游景点。多次到过门口，远远看着新建的一些建筑物高大的外形，"到此一游"之后离开。虽也偶尔在心中勾画猜测过里面的景况，无奈想象力实在有限，总是只有一个模糊的概括。看到真实场景时，委实让人汗颜，感叹自己的想象力是多么贫乏，实在是不够开阔。

铁马金帐是根据《蒙古秘史》，在草原上重现当年成吉思汗戎马一生，征战南北，横跨欧亚，创建伟业的历史场景。其中 385 尊大型雕像、5 顶车载黄金大帐密布于灌木沙丘之上，仿佛成吉思汗正运筹帷幄，号令天下，铁马金帐，征战千里。

成吉思汗铁马金帐战阵大营，前为先锋大军，后为游牧式后勤大营，成吉思汗中军大帐居中坐镇，真切地展示出蒙古民族的英雄成吉思汗军事思想的核心内容和动人心魄的巨大阵容。

阵营里的铁马、铁牛、铁士兵和铁铸的蒙古族人，形态各异，栩栩如生，身处阵营中，能感受到有一种震慑的力量袭来。如果不是时间所限，如果不是另有要务，自己一定沉溺其中。看过关于成吉思汗的影视剧片段——那是后人编撰的，虽制作并非完美无缺，但还是让人想起许多、许多……

尔后，是一出舞台音乐剧，以舞蹈的方式向观者展示成吉思汗从出生到成长，以及南征北战建功立业的艰辛历程和后人对他的怀念、祭祀等，非常值得一看。

曾经，这个旅游景点除了看风景以外，还有边吃蒙古族全羊宴、边看蒙古族婚礼表演的项目。也曾无数次地观看并亲身感受蒙古族的风情民俗，感受热情好客的蒙古族人丰富的情感。

喜欢这片土地，还有这片土地上的人们，喜欢韵律优美动作洒脱的蒙古族歌舞，且百看不厌。

不得不说的是，当天适逢入春以来第一次降温，急剧降低到十多摄氏度的气温加上呼啸着、嚎叫着肆虐的西北风，令人始料不及。可怜的我快要被冻僵了，差点就"牺牲"在刚刚解冻的土地上，永远与铁马金帐为伴。

饥寒交迫时，还一不小心中途掉队。天气实在太冷，该死的相机不能正常工作，电池很快提示电量不足，不得不麻烦其他人帮忙充电。就在参观博物馆时，又快没电了，心里一急，赶忙往外跑，准备抄一条近路，谁承想沙梁上呼啸的西北风一直作对，我怎么也跑不过去。只好从庞大的雕塑群中穿行，这样一来路程就长了。就在我呼呼喘着粗气跑到门口时，傻眼了——我们的车都走了。更悲催的是，我的手机放在车上的相机包里，且身无分文……

好不容易赶上大部队，坐在偌大的餐厅加演出大厅，饥寒交迫的我顾不得其他，面对眼前的吃食开始风卷残云，手冻得连筷子也拿不稳。偶尔瞅一眼正在演出的舞剧。慢慢被它所吸引，所打动，所折服。放下碗筷，痴痴地盯着舞台。

演员们一遍又一遍地重复表演，但他们的专业精神和投入演出，还是不得不令人佩服。这时，已经演到了成吉思汗去世，人们祭祀和凭吊的场景：长着翅膀的天使出现在舞台上空，徐徐落地后，虔诚地仰望苍天。女孩姣好的面容和纯净的眼神打动了我，迅速抓起相机，抢拍了几张。

这位"只识弯弓射大雕"，却愣是打出一幅"大公牛版图"的英雄，在故去多年之后，仍能受到人们如此的敬仰和膜拜，恐怕是他自己当年未曾预料的吧？或许他的在天之灵对这一切早已知晓，是我不知道罢了。

中国电影从这里走向世界

刚刚踏进西部影视城时，还对这里有一些好奇，毕竟是真实站在了影视剧的画面上。没准儿这 39 号鞋印下，恰好就有某位偶像走过呢？！

毋庸置疑——"中国电影从这里走向世界"！

中国电影人也是从这里走向了世界影坛。小桥，流水，布景人家；古渡，老树，水泥做的枝头鸦。我有一种冲动，真想穿上什么人的戏装，扮演一个什么角色。人生如戏，戏如人生。自己的人生却一点都不如戏，按部就班，平淡无奇，总是为了别人的期许，努力去做一些应该做的事情。像一头疲惫的驴子，被蒙上眼睛后，在磨道里不知停歇地前行、前行、前行……恍然顿悟时，时光已经过去了好多年。

案板上待售的各色果蔬和畜禽肉，小饭馆方桌上的菜肴和面点，诱人，只是不飘香。动感十足、真人大小的蜡像，往往一脸憨厚……我欣喜地穿梭其间，一会儿拎大刀，一会儿又端酒碗……刻意摆出各种造型，试图融入这貌似真实的场景。流连于高门大户和贫寒院落之间，从这一个朝代走到另一个朝代。突然觉得再怎么努力，自己仅仅只能是一个局外人。同时，影视剧于我而言的种种神秘感，被眼前的场景生生给灼伤了，似乎能感觉到自己心中有什么东西轰然坍塌，跌落得粉碎。

失落吗？有一些黯然神伤。世间许多美好的事情，就让它停留在美好这个状态吧！刨根问底之后，可能呈现在面前的真实，会令脆弱的心不堪一击！

小车疾驰在"塞上江南"的某条公路上。我方向感不很强，也没能辨别出方位。两旁的树木在快速向后奔跑，远处的山峦正在一点点靠近我们。车上除了司机，还有从百忙中抽出时间陪我们此行的同乡。我们——三个女人——一个美女，一个诗人，一个不怎么美也很少写诗的我。

坐在开放式缆车的座椅上，和同乘的美女一起瞎猜：如果缆绳因年久失修出现意外，怎么办？！如果突遇停电被悬空中，怎么办？！如果穿的凉拖鞋不小心弃脚而去，怎么办？！……凡此种种的可能或不可能，轮番无端制造了一些紧张的心情。

苏峪口国家森林公园，真是名副其实。山巅的风景让人心旷神怡，蓝得透彻的天，简直无法用一个恰当的词汇来形容。一团又一团白白的云朵，像是棉花糖一样，轻风拂过脸颊，捎带来一股淡淡的甜香味。松树们努力地往上生长，笔直、挺拔，争相沐浴在阳光里，好让自己更加富有生机和活力。我禁不住这山巅美景的吸引，只有不停地按动快门。

面对色彩丰富的贺兰石，极想捡几块带回去。同乡告知，这些轻易就能采得到的，都是极普通的贺兰石，材质较为上等的大都在悬崖峭壁之上，正在被开发出来，制作成各种物品或旅游纪念品。

返程的缆车上只我一人。在这段独处的寂寞时光里，一些只有静下心来才能想的人和事缓缓舒展。想起骊山缆车行至中途偶遇停电一事，委实吓死了不少细胞；想起太白山缆车留在记忆深处永恒的美好，支撑自己度过了人生旅途中一段迷惘困惑的日子。

在贺兰山，我揣着一颗虔诚和敬畏的心，聆听讲解员娓娓道出那些年代久远的故事，讲专家和学者的辨析和研究，阐述远古人类遗留的这些财富对世人的震撼……我，仰望贺兰山岩画！

一脸忠厚的讲解员显然早已把规定的解说词背得滚瓜烂熟，每到一处，都讲解得十分顺畅，并能流利回答游客提出的关于岩画的任何问题。一边听着讲解，一边顺着沟口往里走。透过一幅幅看似简单、抽象，又内涵极为丰富的岩画，仿佛踏进了时光隧道，窥见远古人类的生活场景。

那个只有原始生存欲望的年代，人们的生活目的极其单纯，仅仅只是为了让自己活着。不管是通过种植稻粟等农作物来维持生计，养活自己，还是狩猎或者圈养动物，供给自己身体必需的能量。那时的人们大都是快乐的，无忧无虑，不用考虑工作的艰辛与否，住房是贷款按揭还是租赁，无须受许多现实中的烦心事困扰，也不必担心受到金钱、名利和美色的诱惑而心浮气躁、心境难平，不饥不寒便是他们幸福快乐的美好生活。

参观期间，偶遇西安临潼兵马俑博物馆的两位研究员。他们的专业谈吐和博学多识触发讲解员将其所知所晓的，关于贺兰山岩画的种种知识极尽详

细地讲了出来，听得人如痴如醉。

如果可能的话，真想抛弃现实中的一切，到达人生最初的那个原始社会。种几亩薄田，养一些鸡鸭，用青翠欲滴的树叶做衣裙，拿漂亮的鲜花装扮自己。钻木取火，用石斧做工具，住自己搭建的棚屋，快乐而简单地生活。因为我惊讶地发现，一处岩画上印着的那只纤纤手印，分明就是我的。

于是，那天的许多照片中，我的表情都很凝重。

当大巴车把我们放在沙湖景区门口时，一下子觉得有似曾相识之感。那年湖南卫视做过一档挑战自我的电视节目，其中的一些环节就是在沙湖进行的，难怪！

报纸年会，是报刊编辑们的盛会，平日里神交已久的"笔杆子"们，格外珍惜这难得的见面机会。蓝天、碧水、黄沙；芦苇、飞鸟、渡船，大自然的美景让人心境开阔，神清气爽。人们争相留住这美好的画面，只听一片相机的"咔嚓"声，精彩瞬间被定格，笑容被珍藏。一位不停被拉着拍合影的知性女子无奈又娇嗔地说："谁要再照相就收费了！"大伙一听乐了！笑声惊飞船头两只不知名的鸟儿……

抵达对岸后，大家纷纷用自己喜欢的方式释放快乐。平日里戴着的面具早已被丢弃，人们露出了本来面目。一群欢乐的女人们，在沙滩上不停地摆出一个个或优雅、或夸张的 Pose，人景合而为一。沙滩上有许多游乐项目供人们游玩，生性胆小的我在大家的鼓励下也穿上滑索的行头，紧闭双眼，一路尖叫滑向终点。途中听到一些善意的笑声，斗胆睁开眼睛一看，真不好意思——缓缓前行的滑索距离地面的高度其实并没有多少。所谓的紧张，其实不过是自己吓唬自己而已，是自己给自己设置的心理障碍，再无端制造一些胆怯的情绪。一下子觉得很窘……

不论美景、爱情，还是名利，都不要殚精竭虑地追求。留点儿遗憾，也许可以更加认真地生活下去。

故人西辞黄鹤楼

当北方的油菜花正在盛开时，南方的油菜籽已经颗粒饱满地等待农人们收割。

因为在宜昌参加一个全国性的工作研讨会，受朋友之托，拜访武汉一位与他神交已久的作家朋友，便有了去这座城市走马观花的热切期盼。把短短的会议日程仔细研究一番，决定挤出一个下午和一个上午的时间来了却心愿。

吃午饭时，得知我一人只身前往300多公里外的陌生城市，同仁们有表示担忧的，也有壮胆鼓劲的。一位平日里油腔滑调，常常惹人笑疼肚皮的老大哥却一脸严肃地说了句："记住，不要和陌生人说话！"饭后，我简单收拾行囊，带上朋友的两本书，坐上了客运站接订票客人的豪华专车。

沃尔沃客车准时从车站驶出，出站不久，穿合体制服的乘务员小姐微笑着，用她甜润的嗓音介绍行车路线、到达时间、所乘车的设施云云。虽然她可能每次面对乘客说的都是一样的内容，用的都是同样的声调，甚至可能连每句话之间停顿的时间都相差无几，但作为听者，确确实实有一种极其亲切的感觉，让我对一座陌生城市产生的种种复杂情绪得到充分释放。车载VCD上开始播放一部男主角是周润发的港台言情片。

车窗外，时而有一些农舍和电线杆快速掠过，除了固定建筑物外，视线所及皆为绿色，与家乡的黄土黄沙、秃山荒漠形成强烈对照，心中一瞬间还有了一些小小的感触。偶尔还能看见有农人赶着水牛在庄稼地里忙活，我这还是第一次亲眼看见水牛，而且是坐在高速公路上疾驰的客车里。瞥见它们与北方的黄牛竟是一样的慢性子，一副不紧不慢的神情，仿佛不谙世事的样子。

大约半个小时后，乘务员小姐臂腕上挎着个可爱的小篮子，里面放着一些矿泉水和饼干。忽然想起《采蘑菇的小姑娘》这首歌，并不由得哼唱了几句，把自己都给逗乐了，只遗憾没有人能体味并与我共享当时的心情。乘务员小姐给每人分发了一瓶矿泉水和一条饼干。矿泉水是武汉当地一家矿泉水公司生产的，这家公司的名称和车座靠背套上印制的矿泉水广告地址一样，想必是这家公司免费赞助的吧。饼干则是湖北一家食品公司生产的，看了，又尝了，好吃。

下午六点整，客车行驶四个小时后，准时开进武汉市武昌区汽车站。我随同别的旅客下了车，并按照乘务员小姐指点的路线，出站后向右走了一段路，拦住一辆的姐驾驶的出租车。上车后，电话告知那素未谋面的作家朋友，已平安准时到达，正在驱车前来。

司机得知我来武汉是拜访一位作家时，颇为感慨地说，自己也曾是文学爱好者，只是这样那样的一些原因，才不得不放弃初衷。接着又感叹了几句关于生活磨砺人等让人有认同感的话语。车子到达湖北省作协门口时，出租车计价器上显示 19.9 元，与朋友所说的"打的过来不会超过 20 元"竟然只差 0.1 元，一时觉得粗略领教了湖北人精明的同时，也感受到了武汉人的实在。

拜访一事也很顺利。在作协附近一家餐馆用毕晚饭，作家朋友热情邀请去他家，我也想借机请教，便欣然接受。作家的家就在作协院内，院子里除了水泥路面和钢筋水泥的楼房，就是郁郁葱葱的绿色树木和同样绿色的其他植物，似乎还有一两声久违的鸟叫声。

上到五楼，作家老师按响门铃，一位面容姣好、身着一席长裙的妙龄女子笑盈盈站在打开的门旁，作家给我们互相作了介绍，招呼我在客厅坐下。这位被作家称为其女朋友的漂亮女孩，端来一杯沏好的茶，就到另一个房间看电视去了，中间还出来添了一次水。按照朋友的意思，先给作家在客厅和书房分别拍了一张照片，并拍了一张近照。

之后，便向作家请教一些写作方面的问题，和写作过程中遇到的一些浅薄的烦恼。作家一一详细解答，还毫不保留地道出了一些诀窍和技巧，着实令我深受感动。此外，他还娓娓道出了他亲身经历的，惊心动魄又富有传奇色彩的藏宁之行，那已是若干年前的一些人生片段，听起来仿佛像看美国西部牛仔片一样让人心惊肉跳。

作家很认真地说，在当时的社会背景下，确确实实就是那个样子，自己那时能活着回来已经很不容易了。那个时代发生的事是当今年轻人无论如何也不可能想象出来的，那些痛苦的记忆只是有时候在那个年代人们的脑海中闪现而已，不过也只是有时而已。

作家好像突然想起什么似的问："你是陕北人吗？"我回答："是。"作家立即兴奋地说："我也是陕北人！"一时竟无法从眼前这位生在首都长在北京的老乡身上看出一点陕北人的影子，倒是他高大魁梧的身材有点像陕北汉子。作家老师解释说，自己只是从父亲口中有了一点儿关于陕北的印象，零散记得有"骑着骆驼走三边"之类的事情。但他父辈的那个时代，陕北还真切地是贫穷和落后的代名词，他甚至想象不出家乡人是如何用双手建造出或土或砖或石结构的窑洞。

提起陕北，作家眼中有一种难以理解的情绪在慢慢溢出来、散开来。我赶紧接过话题，尽我所知之关于陕北今天的计划、明天的规划，中央领导的重视支持、榆林能源化工基地建设、陕北煤电基地开发等，一股脑儿全倒给他。末了，诚恳地邀请作家老师抽空回家乡看看，相信他的所见定与他父之所言描绘的是截然不同的两个世界。当我因情绪激动而搜肠刮肚地讲完后，抬眼发现作家的眼睛里有晶莹的东西在闪动，眼神也是怪怪的。我自己的喉咙也有些哽咽，空气一时竟有些凝固。

当晚，作家的女朋友安排我在书房就寝。我就着满屋书香美美地睡了一觉，顺便做了个关于文学的黄粱梦。

次日一早，带上作家捎给朋友的东西与作家道别后，便开始对这座城市走马观花。先拍了作协挂着很多个牌子的大门，然后，放弃去人文景观较多的东湖，打的直奔黄鹤楼。的姐很健谈，得知我是第一次来这座城市，并时间有限时，自作主张安排了一条自认为相当合理的旅游路线，一路上不停讲解沿街的主要建筑物及当地一些她认为有必要让外地人了解的情况，甚是热情。

谢过好心的姐，先在路边小摊前买了一张5角钱的饼边走边吃。取出相机，遇到可拍的东西迅速拍摄后继续赶路。相机里留下了这样一些画面：一位书法家手持大笔、提着小水桶，在晨雾下的人行道上练字；红楼前一群老太太在孙中山先生的雕像下扭大秧歌，年轻人口里嚼着早点急匆匆的身影……

走走看看停停拍拍，到了黄鹤楼公园门前，买过门票便急切地走进黄鹤楼，一口气爬上最高层。晨雾中的武汉长江大桥扭成一个大大的S形若隐若现，桥上车辆川流不息。随着晨雾渐渐升起，江面上一股潮气缓缓涌上来，侵入我的被北方的风沙肆虐过的肌肤，滑滑润润的，特舒服。楼内陈列的诸多旅游纪念品柜台中，一位自称是山东曲阜来的老雕刻艺人的展台吸引了我，一番讨价还价，我花了 40 元钱请他刻两枚闲章。老艺人询问了我的爱好后思酌了一下分别刻了"闲情"和"雅趣"，并在角落位置刻了我的姓氏。自然，我也给专心致志刻章的老艺人拍了张照片。

为了赶上午十点钟的汽车，我匆匆告别黄鹤楼向车站赶去。本来打算找个合适的角度拍摄武汉长江大桥的雄姿，也只好打消这个念头匆匆上了一辆到达车站附近的市内公交车，好心的女司机指点我，到站后如何拐，再怎样走，就可以顺利到达车站。一路小跑赶到车站售票窗口，不到两分钟就买到了武汉直达宜昌的豪华客车票。

坐在候车室，平日里不怎么出汗的我已感觉似乎有汗水渗出来。这时，手机响了，一看是朋友打来的，立即兴奋地向他汇报：一切按计划顺利完成！

返程车上，听着 F4 的歌，在陈佩斯和斯琴高娃主演的荒诞故事片《太后吉祥》结束后，安全回到宜昌。

用双脚丈量杭州

苏杭名气之大，让我从小即心向往之。忽一日有个去杭州公干的机会，大喜过望。公事办完，恰逢周末，遂迈开双腿，随一"老驴"开始丈量杭州。

这位"老驴"素爱大漠戈壁，早已跑遍了西北各地，于江南景致只当是"盆景"而已。跟他走入杭城巷陌，卖早点的摊位尚未撤去，当地人手里拎着油条或其他吃食慢慢走过，很悠闲的样子。头顶的铁丝上晾着洗过的衣服，自行车铃声起起落落，淡淡的烟火气息让人心生一种亲近感，仿佛早已熟悉这样的场景。

在街头向人问路，一老者立刻颇为自豪地开始讲述杭州今昔，对周边建筑物一一讲解，娓娓道来那些建筑背后的故事。谢过老人，信步来到南宋御街，路两侧那些耐人寻味的雕塑把观者引入历史深处。最引人处，是路旁的清流淙淙，小荷尖角，端的是与北方城市迥异。正喟叹间，忽见水中浸着一组雕塑，竟是由一个个方块宋体字组成。身旁"老驴"细细端详，随后感叹曰：报刊印刷所用汉字，还是这宋体经得起端详，久看不厌啊！话音未落，就有路人接上话茬：这字本是秦桧所创，人的名声太坏，字也就羞称秦体而呼为宋字了。听到此，"老驴"就由北宋而南宋之盛衰生出许多感慨来，说宋徽宗的"瘦金书"其实也不错，只可惜是个窝囊皇上啊。

叙说之间，再看那些鳞次栉比的艺术品商店、特色鲜明的小店铺、门面苍朴的百年老店，全都蕴含了一缕古韵，令人欢喜不已。此地自古多才子佳人，留下许多美丽传说与名诗佳句，名人故居和纪念馆散布在街头巷尾、湖畔巷间。无论一桌一椅、一方古砚，乃至残破砖瓦，其上都似布满岁月刻痕与历史密码。徜徉其中，让人总忍不住想表达些什么，却又不知该从何说起。其实什么都不必说，一切皆成过眼烟云，一切自有历史去见证评说。

由御街走到清河坊，这是一条集民俗、市廛、饮食等于一身的历史文化名街，为杭州保留了一道永远也抹不去的厚重风景。但见人头攒动车水马龙，看看时已中午，"老驴"轻车熟路进得一颇有年头的面馆，大声吩咐：片儿川两大碗！心下疑惑，难道是秦地揪面片在此地营业？遂问之，"老驴"一脸诡异，说吃了就知道。少顷，饭端上来，原来是雪菜面啊！面条细长并不成"片儿"。暗自思忖，杭州能有这饮食，当与北宋汴梁有关，乃北风南渐传入此地乎？待考。传说当年许仙从清河坊出发巧遇白娘子，遂成千古佳话，终成万年遗恨。

还有张小泉在清河坊制出第一把剪刀后名扬华夏；胡雪岩在清河坊设店售药普济百姓……这条兴于隋唐、得名于南宋、繁荣于清代的旧街区，阅尽人间沧桑却繁华依旧，百年老店的美味佳肴仍吸引着各路食客蜂拥而至。走过胡庆余堂，学当地人那样，在大厅取一杯药店免费提供的参汤，坐在宽且长的板凳上慢慢饮下。不为贪小便宜，只为享受一种人间慈爱的滋润。意犹未尽地离开清河坊街时，日头已偏西，西子湖畔烟雨空蒙，又呈现另一番迷人景象。

紧跟"老驴"身后疾行。虽则疲惫，却也明白他是想多多观览眼前美景。

转眼走到中国美术学院门前，他说这是要进去"参拜"的地方。进得大门，果见校园不同凡响，艺术气韵无处不在。中国美院是国内三大美院之一，校史颇久，从国立杭州艺专到浙江美院，再到中国美院，可谓现当代中国美术家的摇篮，精英辈出，难以一一列举。我心下肃然起敬，怀虔诚之意在校园照相以作纪念。

由此搭车赶到六和塔，但见钱塘江边古塔高矗，远眺一座大桥从江上横贯而过，下层列车穿梭飞驰，上层汽车往来如织，江对岸的萧山城区朦胧而又清晰。大桥乃茅以升先生设计建造，通车不久即为阻击日军南下而炸断，抗战胜利复修通，运行迄今六七十年竟完好如初。

"老驴"说到此处，不免兴奋不已，表示虽已数度来杭，仍不愿放过一处景观，无奈我已体力不支，一圈又一圈上塔，又一层层下来，坐在绿篱旁的台阶上，就再也不想动了。

写这篇文字之前，刚刚看了最近出刊的《中国新闻周刊》上一篇题为《艺术何为——祭画者吴冠中》的文字。吴冠中，这位视绘画的形式之美高于一切的老归国留学生，这位三年前画作拍卖价即荣登中国内地当代艺术家榜首的艺术大师，这位 91 岁高龄、淡泊一生的老人，刚刚离开我们。随文的配画恰是三幅水墨画，分别题为《双燕》《秋瑾故居》《忆江南》，但却都是江南水乡的神韵。白墙、黛瓦、淡墨，简约而又清远的意境。

水乡水韵曾从一些江南才子的文章中隐隐看到过些，虽是别人的感受，却也让人难以不向往。那个初秋，到达乌镇时，天空是将雨的迹象，亦如画家笔下淡墨的水。阴郁，却并不灰暗。在导游的引领下，沿着东栅老街轻轻走过，那些旧屋老宅、轻巧的阁楼、精雕细琢的床榻和古老的酿酒工艺，还有留守老街的老人们，都给人一种恍若隔世之感。时代更迭，社会前进，这里的人们却像是被时光绕道一般，并无多少与时俱进的痕迹。导游一再讲解"林家铺子"是先有作品才有其铺，但大家宁可相信先有铺而后才有其文，争相在店铺招牌下拍照留念。

在桥头戏楼下静静站立，仿佛能听得到艺人的婉转唱腔，看到那轻轻挥舞的水袖，不曾聆听江浙戏剧之美，但却亲见榆林小曲的曼妙。有资料证明，榆林小曲与江浙戏剧同源。历朝历代那些被贬至塞外的江南官员们，在郁郁中顺带把家乡戏也捎到了那里。

走过乌镇大桥，从对岸的街边回望，用木棍撑起的窗边，几个老人正在一张方桌旁打麻将消遣，一条窄长的乌篷船轻轻摇过，荡起层层水波。静静地看着眼前这一切，终于明白为什么每一位来过这里的朋友，都说值得。

西溪湿地，今人广泛知晓多是因为那部名为《非诚勿扰》的贺岁片，虽然不过是出现在其中几个一晃而过的镜头。可是多年前，那位动辄就诗兴大发题字作赋的乾隆爷，当年路过此地时就诗云：西寻野溪幽，东眺明湖影。竹径既曲折，烟村亦僻静……连这个一生喜好游山玩水，饱览祖国大好河山的一国之君都如此盛赞，今人再怎样赞美都似有续貂之嫌。只是，在走马观花的过程中，独觉因"保护"二字，湿地原住民外迁后留下的空壳显得清冷且了无生气。可是，不管怎么说，湿地荡漾的碧波却让人无法不留恋、回味。

绍兴的河道要相对宽展些，乌篷船也比乌镇的体格稍大。鲁迅先生的浮雕头像镶嵌在绍兴街头醒目位置，各路游人在导游的召唤下鱼贯穿梭在各个宅院间。心情复杂，表情各异。读过的书籍让人总难免有一种先入为主之感，现实中，人们又忍不住总要一一对号入座。那庭院，那桌椅，那故人生活和学习过的居所都让喜爱他的人们心生一种亲切感。

丰子恺也是我极喜欢的一位漫画家，我对他作品中温馨恬淡的意境颇为迷恋。生活中那些看似平常的场景在他笔下变得妙趣横生，总能引起读者共鸣，而他作品中的亭角、小窗等无不显露出浓郁的江南风情。

时过境迁，斯人已逝，水乡的温婉娟秀却滋养着一代又一代水乡人，也滋养着水乡人的梦。这样雅致软糯之地，虽不及边地辽远阔朗，却自有一份美丽与魅力。

雨中天竺山纪行

计划中的天竺山之行，所有人都没猜到是在滂沱大雨中被迫付诸实施的。

好在是盛夏，穿着被大雨浇得透湿的衣服尚且不觉得有多寒冷。

在被告知将安排爬山的消息时，还不以为意。夜里看到的那个闪烁着许多星星的小土包，那还可以被称作是山？！十多分钟，最多不会超过半个小时，就足以毫不费力地登顶。只是大家对爬山活动的轻视并不曾影响到参与活动的热情，所有人都兴致颇浓地按时集合，整装待发。

依维柯车到达天竺山下时，一阵紧似一阵的雨已经在无所顾忌疯狂地下着，仿佛有人正在头顶的天空一瓢瓢地往下浇似的。看着车窗外滂沱的大雨，心里一直在打退堂鼓：如果有人提出返回，一定坚决支持。可是没有。

这是一个正处于开发阶段的旅游景点，透过浓密的雨雾看到景区大门正在修建中，被密匝匝的脚手架支撑着。四处堆积着沙子、石块等建筑材料，挖好的沟渠还没来得及被垒砌齐整，水泥台阶是刚刚凝固的，压下的凹槽里甚至还没有积下尘土。整修好没多久的台阶旁，叫不出名的绿色植物在风雨中欢快地歌舞，满心喜悦地迎接冒雨前来看望它们的我们，喜不自胜。

穿在身上的短袖 T 恤很快就被雨雾打湿，被雨水淋透，渐渐地，有些发冷。中裤下的腿，一遍遍持续不断地接受雨水的洗礼，穿凉鞋的脚已经被泡得发白。脚下的台阶和眼前的山脉，却还在不断向上延伸，延伸，不知道尽头。

打开背包取出随身携带的面包和糕点，边走边吃，补充能量。很快就有一股暖流袭遍全身，心里觉得踏实了许多，踩在水泥台阶上的脚也仿佛更加有劲了。

终于走到一段"之"字形的台阶上，坡度明显比前面的更加陡峭，估计应该快要登顶了吧，遂鼓足了劲，加快速度。前面竟又遇到一段台阶不曾整修好也未铺上水泥的路，旁边堆着许多施工用的块状石子，石子顺着小道一路四处撒滚，给这段路的行走带来诸多不便。脚踩在石子上，它却并不稳固，棱角还有些硌脚；若要避开它，则又满地都是。坚持了一路的凉鞋这时也变得不再那么温顺和配合，在脚和石子之间极不情愿地滑来滑去，也想迅速摆脱眼前这种境况，或者歇工。

哼！做梦。

终于呐终于，在坡路的尽头出现了一处宽阔的平地。因能见度较低看不清周围的环境，我误以为真的已经登顶，立刻兴奋地大喊大叫，以释放自己"登顶"的喜悦，甚至都顾不上擦一把脸上的汗水和雨水混合物。刚跳跃了几下，有人发现脚下竟然还有路，而且一条向左，一条向右。大家愉快的心情顿时跌至谷底，神情沮丧极了。

再次确定了攀登的方向后，一路除了雨声，其他声音消停多了，不再有各种腔调的呼喊或者歌声，也没人再大声说话。当然，又到了一个疑似顶峰的处所后，所有人都在渐渐转小的雨雾中狂摆 Pose，扶着那有些年月的松树，或者蹲坐在乱石丛里。

一阵山风吹过，忍不住打了个寒战。撤！去他的山顶吧。

下山的路并不好走，小腿肚子渐渐无声地提出抗议，大腿的疼痛也已经快要达到忍耐的极限。长期缺乏锻炼的后果十分明显，真想一屁股坐在地上再也不起来。可是不能。另有几位半途而废的同伴在山下等着呢，手机又没信号，天黑前若还不下山，会给大家带来更多麻烦。

所有的激奋、所有的期盼、所有的不屑全都被销蚀殆尽，意外的是，下山途中，竟然发现了一个道观，一位发髻高缩、面容清瘦的中年道士寂寞地闲坐。我借参观之机顺便缓解了一下疲惫。

下到半山腰时，太阳竟也跑来凑热闹，露出微红的笑脸，真想一跃扑到它温暖的怀抱中送它一个响亮的吻。

遗落沈园的旧梦

因了陆游和唐婉，因了一首《钗头凤》，让沈园这座与其他园林其实并无过多差异的私家园林，徒添许多让人流连忘返和感怀的情绪。

陆游和唐婉那段数百年前的爱情佳话，尽人皆知。关于那段爱情佳话的始末，历史上也有一些断断续续的记载。至于那些文字的真伪早已无从考证，也无考证的必要。著名诗人陆游爱国之志一生始终不渝，却多次遭受投降派的打击。宦海沉浮，几起几落，一直郁郁不得志。

生活中的陆游也非一帆风顺，而是跌宕起伏，悲戚惆怅。发妻是表妹唐婉，夫妻相濡以沫、琴瑟和谐，谁知婆媳关系却不睦，而陆游又是孝子，在母亲和妻子之间他无奈选择了前者，遵从母命休妻另娶。数年后，于沈园遇见也已另嫁的唐婉。那一刻，四目相对，昔日情愫齐聚心头，两人身虽离心却未离。

于是，一首情真意切千古绝唱的《钗头凤》喷薄而出，字字含情，句句有意。才貌俱佳且多愁善感的唐婉见词后不禁潸然泪下，将对陆游的一腔相思之苦也化作一首《钗头凤》，字字滴血，句句溅泪。可怜一代才女唐婉，长期饱受思念的折磨，心心念念想见爱人，见了面却两相不能言，唯用一双含情的眸子传达着深深的爱意。情深者，少寿。积郁伤心亦伤身，在极度悲愤中，她忧郁而终。同样因情而备受纠结，唐婉早逝，陆游却一直活到垂垂暮年，终年八十五岁。

导游讲到这里时，有人起哄：陆游那首让唐婉至死都难以释怀的词，也许只是一种文人做派而已，男人大都是很现实的。在现实面前，他既然能听从母命休妻再娶，就会听从母命对新妇尽一个男人应尽的义务，对唐婉的情愫，不过是陆游给平淡无味现实生活加的一把作料。这个男人怀拥娇妻爱子，在工作和生活闲暇时，偶尔想想婚姻之外有个痴情于自己的美丽才女，虽不能再做夫妻，但仍旧是红颜知己。

不敢苟同上述观点，但仔细想想，此人的分析似乎不无道理，这种状况也许是众多现世男子的一种人生向往，是男子贪欲和占有欲的一种体现。历来大都是"痴情女子负心汉"，一次又一次，总见女子为情伤，痴情女子的结局也大都很不好，翻开几千年的文明史赫然在列的大有人在，却极少见哪个男子因为心爱的人儿不得悲愤而亡。

只是，在唐婉逝去的漫长人生岁月里，陆游一次又一次地到过两人忠贞爱情的见证地——沈园去凭吊，偶或也写一些感怀的文字。一次次的故地重游，陆游不愿忘却的也许并不全是唐婉的美和唐婉的好，还有人生旅途那段再也回不去的美好年月。

爱情是人生旅途不可或缺的，但却是可遇而不可求的。爱情讲究"缘分"，有缘无分或者有分无缘都不能成就爱情。当爱情失去时，那份至深的哀痛非亲历而不可知，文人墨客们多会借助艺术形式进行表述，予以记载。

数百年的岁月沧桑，今日之沈园已远非昔日之沈园，那些亭台楼阁、假山池水和园中的一草一木向世人展示的，仅是一段虚无缥缈的情绪而已。而穿廊上众多后人因期盼爱情永恒而悬挂的种种信物，不过是一种心理寄托，一种对未来的不确定。有时连自己都无法保证，又如何能去要求别人呢？！

遥望梨园春色

青海的梨花许是又开满园了吧。

那个暮春时节，一行人冒着料峭的寒风，意外相遇了芬芳扑鼻、令人忘返流连的梨花。之后的每个春日，都会一再地忍不住怀想那些美丽的精灵，怀想它们在苍茫的春光里带来的欣喜和快乐。

塔尔寺是不能不去看的，如同到了首都一定要去看天安门，到了西安一定要去看兵马俑。可是，对于塔尔寺的感受却是复杂又难言的。它似乎就是曾经想象中的感觉，又似乎不是。我的许多感受与诸多到过那里的人们并无太多差异，不在此赘述。

当导游告诉我们，一日游的项目还有一个是观赏梨花时，一群叽叽喳喳的女人自是没有太多期待。虽然春日行将结束，西宁市的街头依旧寒风凛冽，并无半点暖意，路人大都衣襟紧裹，行色匆匆。娇柔的梨花怎可经得起这寒风的摧残？私下猜测不过是导游的又一个噱头罢了。却并不与她争辩，不想扫了大家游玩的兴致。

旅游车在青藏高原的山脊上走走停停，停停走走。中午用餐时，导游笑着告诉我们，饭毕就去梨园赏花。恰好那家"农家乐"的院中正在盛开着一株梨花，小小的树，细细的枝，娇嫩的白色花朵，一团团一簇簇的，煞是惹人怜爱。一股清幽的香味轻轻浅浅地蔓延过来，女伴们争相凑前去欣赏玩味，及至饭已上桌抵挡不住饥饿的袭击才不得不散开。

车到达一处有长长围墙的院落，我还在端着相机东张西望时，已经听到女伴们极其夸张的惊呼声。赶忙提着相机跑了过去：一个个奇形怪状大小不等的石头被放置在一些合适的托盘中，有的被固定在院中某一处，鹅卵石铺就的地面，曲曲折折又暗藏一些简单的对称图案。也有一些人造假山，雕琢的痕迹十分明显。看到这情形，大家越发失望：敢情此行就是只为看这些石头来的？！这种感觉还在心底悄悄萌动时，谁知走在前面的女伴们已经又有新发现了！紧走几步，立时被眼前的景象惊呆了！对，是"惊呆"！再也无法找出比这两个字更妥帖的词汇了。

在一片"哇"声里，按捺住狂跳的心，深吸几口空气中弥漫的梨花特有的香味，我在院中小心翼翼地观赏起来，生怕惊扰这些美丽精灵的一场春梦。雪白的梨花，大都正在恣意怒放着，不羞涩，不含蓄，但也不显得过于张扬。在生命最美好的季节里，它们用自己的满腔热忱努力灿烂。从梨树粗粗的枝干来看，它们是有些年月了。岁月更替，日月轮回，它们在青藏高原一隅静静地盛开。每一个春天都盛开得认真又精彩，每一个季节都绚烂得不枉人间此行。

梨园里曲径回廊，假山奇石，雅致清幽，令人如同踏进了仙境一般，仿佛一墙真的就隔出了两个世界。青的瓦，白的墙，仿佛都是专为这满园奔放的梨花作陪衬的。梨园的主人是一个年约三十岁的青年男子，朴素的衣衫和谈吐，却难掩其高雅的品性。他在给我们讲述自己的人生历程时，声调平静又平缓，宛若诉说别人的事，全与己无干。面对长吁短叹和崇敬及至羡慕，他并没有过多自谦，一切都平和而又真实。他的目光真诚又清澈，这样的眸子，是看一眼就会令人终生难忘的。

这里的梨花与果园里的梨花大有不同。果园里的梨花，盛开的目的就是为了秋天的收获，为了主人的生计，背负的意义太过沉重，盛开得便不那么从容坦然。这里的梨花也与山野的梨花大相径庭。山野的梨花生命稍嫌孤苦，即便开得再怎样灿烂，最多只是招惹来山蝶、野蜂，唯有在凄清中挨过生命的四季。从盛开就注定了它一生的悲苦。

在赏花的同时，自是没有忘记在梨园里留下许多倩影。自拍或者由女伴们拍摄。轻抚梨树随意生长的枝干，轻轻靠在奇石上、假山旁，盘膝坐在鹅卵石铺就的路面上……快乐我的快乐，也快乐满园梨花的快乐。

女人爱花，女人惜花，女人如花。只是，花，似梦。

又见桃花开

站在没有阳光的窗前，心情有一丝轻浅的莫名的甚至很难被察觉的忧伤。时常总有些淡淡的忧郁，虽也偶尔调皮偶尔疯狂偶尔不羁，但多数时候更愿意沉浸在自己的世界里，只要有阳光就好。

喜欢阳光的味道，喜欢阳光的怀抱，喜欢阳光带来的种种美和好。不能忍受刚刚还被阳光洒满全身时的温暖转瞬就被隔绝，我伸出手臂，毫不犹豫甚至有些迫不及待地，却也没有任何期待地去拉扯那厚重的绒布面料的帘子。绒帘上镶着的一个个圆环，极不情愿地滑过牢牢钉在墙壁上的横杆，从中间滑向两边，伴随着轻微的金属物件相互的碰撞声，扭捏的，拥挤着，发出突兀的声响。

透过还散发着洗涤剂清香的白纱帘，隐隐约约地看到窗外春日美好的景致。继续追索阳光，轻轻地，轻轻地拉开薄的白纱帘，一株正在艳丽绽放的粉嘟嘟的桃花立刻出现在眼前，猝不及防，似乎都能感觉得到对方火热的情意毫不犹豫地扑面而来。并没有不假思索地迎上去，看着眼前的一切，有些诧异。然而，更为诧异的是，桃花的近旁伫立着一树同样茂盛浓艳的桃花，同样的热情奔放，同样的生机勃发。她们之间究竟是怎样的关系尚不清楚，但那种蓬蓬勃勃的生命力和简单直接传递来的正能量，立刻就让一颗脆弱敏感的小心脏醉了。

愣在那里，一时有些不知所措。

后来的日子里，迅疾把自己没入那个以文学的名义聚拢在一起的人群，按照日程安排的节奏紧紧跟随，同时不忘自己各种需要兼顾的使命，亦不忘随时关照桃花和桃花们的存在。无论晨曦渐起还是艳阳高照，无论夕阳西下还是晚风拂过，她们都近在咫尺，相依相随，一起观蝶儿热舞，赏蜜蜂闲飞，一起品露珠的甘甜，尝雨水的滋味，温馨、甜蜜、安闲而又美好。

那一朵朵次第盛开着的桃花，又何尝不像文坛一样，三朵两朵不是春，群芳竞艳满园春。

每个清晨第一眼，看到的是桃花；每个夜晚入睡前，看到的也是桃花。艳丽而又热烈的桃花，不只有伫立在窗外的她们，在山西北田培训基地那个精致的院落里，在春风吹过的晋中平原上，在春雨浸润后的角角落落，都会有她们妩媚妖娆的身姿，娇俏可人，影影绰绰，或明目张胆。

从太原南火车站前往北田途中，就已经被道路两旁艳粉的桃花深深吸引，她们在这春夏之交的北方大地上尽情绽放，恣肆盛开，甚为引人注目。与她们的热情相映衬的，是黄色的迎春花和连翘，是素雅洁白的梨花，是优雅雍容的玉兰花，还有暗香浮动、含蓄的丁香花，但唯有桃花让人难以抑制地浮想联翩。

工作之外的人们多少有那么一点儿个人爱好，那爱好或者于工作有益，或者仅仅只是填补业余生活的空白。但能因这爱好而出一趟公差，暂时离开朝九晚五周而复始的办公室和十分熟悉了然的人事，心情怎可不愉悦，心境怎可不 Happy，心儿又怎能不尽情飞扬？自然满目所及皆是含笑的、喜悦的、欢喜的。

回想来时路，飞驰的动车和车窗外急速掠过的景物丝毫不影响我的状态，我沉溺于正在阅读的书中，思绪跟随书中人物和场景的起承转合而起起伏伏。如此，数小时的路途光阴便不觉得枯燥或可惜。

感念接站的师傅来回奔波的辛劳。"师傅，您说路旁这些粉颜色的是桃花吧？""是桃花。""那黄色的呢？迎春花还是连翘啊……"

那几日，房间的窗帘几乎一直是拉开的，窗外总有或多或少的人们流连花间或徜徉柳下。令人不由得想起那句"你站在桥上看风景，看风景的人在楼上看你"。不过不是明月装饰了窗子，而是桃花。那些盛开得早的，已经悄然丢下一地落英，让人望之一眼不由心生惋惜之情……独自做自己的事，偶尔扭头去看看欢乐的人们，也是美好！

刚到北田的那天下午，与同伴乘坐 8 路公共汽车去看望走过风雨沧桑辉煌不再的榆次老城。破旧的公交车灰头土脸，车上稀稀落落的乘客大都面无表情，乡间粗糙的柏油路既不平整也不宽阔，倒是年轻的司机很是阳光健谈。他乐于向陌生人介绍自己生活的这个地方，关于它的过去和沿途不多的几个

景点。我也乐意倾听当地人谈论一些他的好奇，遂东扯一句，西拉一句地闲聊着。颠簸的车窗外时有一簇烂漫的桃花闪过，间或闪过的，还有果园矮墙上探出头来的苹果花。

还记得一天午饭时，一位热情的大妈到饭桌旁，请大家去附近看正在举办的一个展览。出于好奇也出于热爱，还想着顺便可以在饭后散散步，三个人相伴前往。大妈一路上都在絮絮叨叨地说着自己走上书画之路的初衷、所得和收获，以及大家筹备这个展览的种种，情绪高涨。不多一会儿就到了镇上的一处民房，床上、桌上、沙发上、墙上到处都是字画，一些明显处于学习阶段还很稚嫩的书画作品被简单装裱后或挂或铺着，有的甚至没有装裱，只是被精心卷放在一起。房子的陈设布置极其简陋，书画的纸墨也都不甚讲究，唯一让人难以轻易忘却的是老人们的热情。

守候在那里的是一位老爷爷，并不多说话，但看到有人来明显高兴至极，立刻起身热情又局促地招呼着大家，沟壑纵横的脸庞真诚地绽放成一朵花。带我们去的大妈则更加热情，一刻不歇地一幅幅给大家讲解着、翻看着，有的作品标签上还用怯怯的笔迹写明价格。老人们的眼神里尽是期待，让人不忍与之直视。

那些或写意或工笔的花草中为什么偏偏没有桃花呢？一瞬间，竟有些莫名的怅然若失，脑海中旋即浮现刚到北田那晚的一些见闻。

从榆次老城回到镇上时天色已晚，错过了晚饭时间，几个人遂在镇上一家夫妻小饭馆填了一些本地特色吃食。期间了解到，兼做厨子的老板和兼做服务员的老板娘竟从小学一路同行，直至结为夫妻，儿女们都很成器。饭馆门口挂着的大玻璃相框里展示着他们同学时的一张张合影，那些黑白照片记录了一段历史，也记录两人共同的美好过往。

与夫妻俩挥手作别后，一行人在小镇寂寥昏黄的路灯下往回走。中途，回眸去望，发现大家走出老远了，夫妻俩还站在店门口望着，店里明亮的灯光把两人的影子投射在店铺前的路面上，拉得好长好长。

突然觉得眼里一热：不知道小饭馆的门口有没有一丛桃花呢？！如果有，想必此时一定开得绚丽多姿。

回到我的布达拉

回到拉萨。

当这个念头从心底开始蠢蠢欲动时，我就已经激动得一塌糊涂，狂热的心久久难以平静。

拉萨，我神往的地方。不因为通过媒体和镜头看到她的纯洁，她的无邪，她的美；不因为《莲花》上描述和展示的，她的神秘和对世人不可抗拒的吸引力。一直觉得，自己是属于那里的，冥冥之中，已经神游过 N 多次了。纯净的蓝天白云，恬静的牦牛，快乐的藏羚羊，宏伟的布达拉宫和大昭寺，淳朴的民风民俗，藏民们清澈的眸子。甚至，对她有一种比故乡还亲近的感觉，这种感觉前所未有，宛若某一日，在某个地方突然遇见某个人。虽不曾知晓对方的许多事，但却没有任何的陌生感和距离感。恍若前世曾在什么地方遇见过，早已相识、相知。是亲人? 是老友? 是恋人? 不是，又似乎是。是，又不是。

和朋友一起开始绘制蓝图时，就把自己沉溺于一种情绪中不能自拔，也不愿自拔。当朋友最终因故不能与我同行时，潜意识里有个声音在告诉我：自己去! 但朋友自是对我不放心。因我曾经因高原反应几近丧失意识，差点就把自己永远遗留在九寨沟美丽的山山水水间。那几日，有些遗憾和不舍萦绕心头：毕竟已经走过了三分之一的路程。

事情总是迂回曲折峰回路转山重水复又柳暗花明。获悉来自新疆的两位同仁也将计划拉萨之行时，我迅即找到他们，表达强烈的愿望。当他们终于答应结伴而行时，我差一点就要欢呼雀跃。差一点的意思是说，当时只是没有当着他们的面跳起来，但表情和语言都是极其开心，洋溢着无比的喜悦之情。

拉萨，我回来了!

当天去青海湖回来得有点晚，也因为心情过于激动，以至于没了食欲。一下汽车，带上早就准备好的东西，直奔西宁市火车站。

这里，是青藏铁路的起点站。这里，是"天路"的一端。

坐在铺位上，心情反倒平静了许多，也很踏实。火车徐徐启动，我的心却早已飞到了拉萨，飞到那向往已久的地方。呆愣愣地盯着窗外的风景，胡乱地想心事。天色渐晚，天幕由蓝色、浅蓝、灰色、烟灰、黑灰，最后成为漆黑。几颗小星星陆续跳出来，天幕变亮了一些。虽目光所及只能隐约看到一个模糊的影像，我还是舍不得收回视线。实在支撑不住了，才倒头睡去。一觉醒来，已过去了大半个上午。

突然，看到几个可爱的小动物，定睛一看：极像是电视上看到过的藏羚羊。我脱口而出："来看啊！藏羚羊。"闲聊的人们立刻挤向窗口，很快有人高呼："我看到藏羚羊了！我看到藏羚羊了！"孩童般狂喜。随后，一头头一群群的牦牛争相撞入人们的视野。沿途小站一个个孤独静默地守候在雪域高原上，偶尔有几个"全副武装"的工人闪现一下。青藏公路上，运送物资的军车一辆接着一辆，彼此保持适当的距离，匀速前进。如同一条蜿蜒而行的长长的昆虫，前不见头，后不见尾。偶尔的偶尔，有一辆客车出现，孤零零的样子。

从西宁出发当天，还是晴空万里，沿途的天气却变幻莫测。一会儿阴云密布，一会儿又是另一重天。到了哪一站时，竟然还有雪花纷纷扬扬地飘落，一些从南方来的游客自是十分惊奇。让人一不小心，还会误以为是某个人制造的电影拍摄场景。高原雪山和还没解冻的土地上，荒凉复荒凉，冬眠的动植物还没苏醒。在无人区，永远都只能用"了无生机"来形容那里的萧瑟和寂寞。其实，生机勃勃未必就是什么好事。如果命里注定只能选择沉静和寂寞的话，那么就别再强求什么了。

"回到拉萨 / 回到了布达拉 / 回到拉萨 / 回到了布达拉宫 / 在雅鲁藏布江把我的心洗清 / 在雪山之巅把我的魂唤醒 / 爬过了唐古拉山遇见了雪莲花……"当年，郑钧怀抱吉他，撕心裂肺地吼叫：他在雪山之巅，遇见了雪莲花！

青藏铁路线上的火车爬上了唐古拉山，站在雪山之巅，却没看到美丽的雪莲花。不免有些淡淡的怅然若失。目光所及，除了雪山，还有地衣上终年不化无边无际的积雪。

唐古拉山火车站的造型像一只冲天而起的雄鹰。"寂寞的鸵鸟总是一个人奔跑，孤独的飞鹰总是越飞越高"。站在缓缓前行的火车上，脑海里一下子迸涌出了这两句歌词，一种苍凉的美感从心底慢慢升起。周围的人们全都无比激奋，用欣喜若狂来形容也远远不能体现当时热烈的状态。有人一迭声地高喊："我们到达最高点了！我们到达最高点了！！"火车也很理解人们的情绪，车速明显慢了下来，缓缓前行。最后干脆停留了若干时间。大家争相找角度和车站的牌子合影，以示自己"到此一游"。我激动的心情也和大家的情绪融合在一起，从铺位上站起来，趴在车窗上努力向外张望，默默地告诉这块神奇的土地：我，回来了！

心情异常复杂，眼睛忍不住有些潮湿，我努力只让它停留在潮湿这个状态，洪水决堤后一时半会儿是很难停歇的。其实远不是"复杂"二字可以形容得了的。许多记忆深处的人和事齐聚心头，酸辣苦甜的滋味混杂一起。那一刻，突然失语。

穿着沉重的军大衣，双脚终于踩在拉萨火车站整齐的方砖地面上。使劲踩了两下脚，感觉很真实。还好，不是梦境。淅淅沥沥的小雨，温柔地向我的到来表示欢迎，轻轻将我拥入怀中，一如爱人温热的怀抱。我，陶醉了。虽然无数次在脑海中勾画过自己的心情，但事实却永远和意识存在着相当大的差距。

仰头，任由雨水混合着泪水，顺着脸颊倾泻而下。洗去一路的风尘，也洗去心灵上堆积的尘埃。不想再控制情绪，也不要再克制和顾忌什么……回归的感觉是最真实的。不是游客，也不是行色匆匆的路人。我，回家了！我们之间有一种无法比拟和形容的亲切感和亲近感。转世？对！我想，自己一定是转世来到人间的，前世一定在这块神奇的土地上度过。

夜晚的拉萨是那么恬静安详。细密的雨丝不经意把城市笼罩在神秘中。热情的出租车司机滔滔不绝讲一些注意事项。比如，上下楼梯不可过于急促，运动不可过量；比如，不可洗澡，不可喝酒；比如，不可感冒生病等诸如此类。热情而又急切，一脸真诚。汽车玻璃上的雨水奔涌着蜿蜒而下，一如我滚淌的热泪。

进入市区，星星点点的灯光如同游子母亲的焦灼，温馨的怀抱已经向我们张开。95598，一个熟悉又陌生的号码，很快帮我们找到电力宾馆所在地。热情好客的拉萨电力人接待了我们……一个刚来拉萨半年多的川妹子端来热腾腾的面条，很快被连汤带水全部消灭掉，一天多时间没吃上正经饭菜了。

这一夜，睡得异常香甜。

在宾馆对面的川菜馆吃过早饭，打车直奔布达拉宫。手里端着相机，遇到感兴趣的就按快门，记录下来。

游逛拉萨街头，没有在其他地方的那种陌生感和生疏情绪，恍如回到阔别多年的故土。除了亲切，还是亲切。站在布达拉宫前抬头仰望，一路走过沧桑岁月的她，是那么雄宏静穆，淡然面对来来往往的芸芸众生。丰富的经历和阅历，使她显得厚重和凝重，对俗世的浮华安之若泰。

许多老人手里摇着转经筒，从四面八方涌向布达拉宫。大都头戴遮阳帽，身着特色鲜明的民族服饰。绕着布达拉宫顺时针方向转着走，一边走，一边口中还念念有词，沉浸在自己的世界里。围绕着布达拉宫建有许多个转经筒，没有数到底有多少个。金黄色的经筒上刻着不认识的藏族文字，像符号，像图腾。神秘，莫测。轻轻转动经筒下面的手柄，发出"吱吱哑哑"的哼唱，声音很近，恍惚间又很远。每转动一次，就祈祷了一遍。走在人群中，心很静，曾经的杂念和浮躁全都归于平静，时光仿佛凝滞了一般。

拉萨上空清纯的空气不但清肺，更清脑、清灵魂。突然萌生了一个念头：真想就待在这个地方，虽然她并不繁华，虽然她可能贫穷，虽然选择她可能失去很多现实中的东西，但却是那么真实又迫切地想要长久地留在这块土地上，直至生命的最后一刻。

与前世的自己擦肩而过

一路各种颠簸各种摇晃到达海拔 5200 米的地方，车门一打开，所有人都迫不及待争相拥出去，拍！拍！！拍！！！除了不停歇地"咔嚓"，人们不知道还能用怎样更加合适的方式准确表达自己如火的激情。我亦激动不已，甚至于比其他人更激动，却表现得十分淡定，连自己都有些奇怪。逆光下，站在石碑前"到此一游"，镜头前的自己似乎变成了一只藏獒，有美好向往的藏獒。

从海拔 5200 米到 5300 米，虽不远，我却走得很慢，很慢。这慢，并不是因为高原反应或路途疲惫，最真切的感受是：舍不得！太向往，太渴望了，舍不得三步两步就走完，须得用心用情用爱去仔细走每一步。

这一百米途中，有许多大小不一形状各异的石头，我满心欢喜又小心翼翼地捡起一块，用心抚摸端详，又轻轻放回原处。几次，三番。舍不得放下，又舍不得带走。

终究，还是到了海拔 5300 米，久已魂牵梦萦的所在。

秋冬不是进藏的最佳季节，却也避免了摩肩接踵和挤挤挨挨，避免了前景是人背景也是人的尴尬，耳畔尽是各种激奋、各种欢呼、各种陶醉……面对大自然的恩赐，每个人都无一例外地激奋不已。不论曾经多么矜持腼腆、木讷羞涩，此时此刻，全都被人类最后的净土给彻底征服了。

喜悦的目光又一次投向满地的石头，我开始捡起一些争相跃入眼帘的石头。它们，必定是为我的到来而存在的。一瞬间，多情地猜测，并且绝对想当然地认为这必定就是事实。

突然决定带几块回去，以便于在怀念时有个寄托。小心翼翼地捡起一个中意的石头，装进羽绒服口袋。然后，又一块。不一会儿，衣袋就沉甸甸的，走路也有些艰难。正午的暖阳直直地照耀在石头上，发着光，那是一个神秘的世界，深深吸引着我，如同着魔一般。就在我努力搬起一块颜色泛黄亮光闪闪的较大的石头仔细端详时，头上戴的棒球帽不慎被雪山吹来的凛冽寒风扫落在地，并随着风向而动。我没有立刻张皇失措地紧追上去，而是直起腰来，定定地望着它的身影——你想干嘛去？！

坦率地说，如果双脚不用力稳住，人都会被风吹动，甚至有被吹倒的可能。这时，棒球帽在不远处竟意外停住了，好奇地走过去，原来是一块灰白色相间、夹杂着亮晶晶物质的石头挡住了去路。它和它，它们就那样安静从容地偎依在一起。轻轻走过去，"哦"了一声，捡起棒球帽，弹了弹，重新戴在头上，又继续戴上羽绒马甲的帽子和羽绒服的帽子，毫不犹豫地把那块沉甸甸的石头紧紧抱在怀中，心里柔柔地对它说：你，一直都在这里等我吗？然后，一步一步往下走去，生怕遗失它。

十一天的西藏之行接近尾声时，我觉得好像才刚刚抵达。在这里的点点滴滴，全都有一种恍如隔世的不真实感，又有一种刻骨铭心的难舍难分之感。

临别前一夜，采访一位"藏三代"，从小就被四处撂着放羊一样长大的她，已为人妻人母，但由于种种原因，仍旧一家三口分居三地，半年都没能彼此见着一面。那一夜，她蜷缩着，蹲坐在宾馆的圈椅上，一根接一根抽着随便什么牌子的香烟，我一边聆听她的故事一边做笔记。不争气的泪水悄悄从脸颊滑落，后来，成了断线的珠子，再后来，已无法控制地泣不成声。

听到哭声，她从回忆里抬起头，茫然地问我："你怎么了？哪儿不舒服？"

"没有！我替你哭泣。"我说。

她一愣，轻轻弹了弹长长的烟灰，神情漠然地说："我早都不哭了，没有眼泪了……"

我坚信，不管她女儿将来是否成为"藏四代"，都将出落得比她妈妈更漂亮，这就够了！

无论多么不堪，现实都得继续；无论多么难舍，最终都得分离。西藏之行的所见所闻或许会在时间的推移中逐渐淡漠，但却不应忘却，也不会忘却。

人们都说：西藏是荡涤心灵的地方。真正感受到这句话的力量是在楚布寺。那是离拉萨市不到两小时车程的一座寺庙，它的声名远不及布达拉宫和扎什伦布寺、绒布寺等，但在那里一个多小时的见闻，却强烈撞击着每一位在场人的心。

走进寺庙，按朋友的指导把整钱换成零钱，并尽可能是角币。手捏橡皮筋扎的厚厚一叠角币，突然感觉摇身一变成了有钱人，也想任性一回。学着众人的样子在满柜经文或佛像前小心翼翼又虔诚地放下一张张纸币，很快，手上的纸币就迅速变薄，没了。我们被告知，如果没有僧人帮忙可以自行兑换，只是拿走的总钱数一定要小于放下钱的数额。

"会不会有人趁机多拿钱？"我悄悄问朋友。

"不会！"

在高原上，在蓝天下，在寺庙中，在僧人们齐整的诵经声和各种器乐的吹奏、击打声中，所有人都仿佛被一种神性的光环笼罩着身体，心灵得到润泽，默默而极尽虔诚地重复着兑换零钱、双手合十……

十一天的仓促行走，在西藏辽阔的土地上其实到不了几个地方，无论采访还是参观，都不太可能有更多更深的交流，只能是浮皮潦草地观望并浅层次地感受。期间，一次次告诉自己：留下来！你应该属于这里的。

朋友们一次次"善意"地表示，要满足我"想在这块净土上重新活一回的强烈愿望。生活之余，撑起画架，画蓝天白云雪山草地和成群结队的牛羊，还有淳朴善良眸子明亮的藏地亲人们"。

"那你还画漫画吗？"

"不！到那时，又一个野路子的画家将横空出世！她，只画油画。"

"那你的画怎么办呢？画给谁看？在这里出名可就难了。"

"出名？为什么一定要出名？生命就是个过程，为什么要刻意追求结果……或许多年后，一个曾经叫吉建芳，后改名为央吉卓玛的汉人女子，成为一些有梦的人向往的未来！"

走，到西藏去！那里有你身处内地无法想象的美丽和精彩，那里纯净的空气可以洗去岁月的积垢和尘埃，那里圣洁清澈的湖水可以点亮你的心灯，照亮来时路。

在日喀则采访时，看到一户藏民家外墙晾晒的牛粪，我的心哭了，难以自持地喜欢那里的一切，包括它正在发生的细微变化。终究，还是与梦想中的自己擦肩而过！

西藏，不只在我的心上，它会在每一位到过那里的人心上，留下烙印。

永生，难忘。

大槐树移民后裔的碎碎念

透过布满雨痕的车窗玻璃，抬眼蓦然发现路牌上赫然写着"大槐树"三个大字，一种熟悉又陌生的感觉很快涌上心头，飘飞的思绪忍不住回到早已逝去的童年。

那时，常常给姊妹们讲故事的父亲，总是会提到"大槐树"，提到祖上是从"大槐树"下移民过来的。父亲还经常提到他从他的父亲和爷爷那里听来的一些前人之事：当初本姓家族移民过来后，一拨人就在老家宽阔平整的交道原上安家落户生儿育女，另一拨人则继续向西迁徙，最后停留在本县的另一个原上。

移民过来时大家曾共同拥有过一个记载家族历史的族谱，两拨后人曾就此物的归属问题发生过一些争争夺夺的故事。后来，在一个月黑风高之夜，珍藏在我们老家祠堂里的族谱被盗。当然，另一拨本姓家族的人拒不承认是他们所为。因无凭无据，此事最终只好不了了之。再后来，本姓家族的先人们又重新建立了族谱。每年清明节，许多奔波在外的族人们都会赶回老家相聚，一年年延续至今。

年幼不谙世事时，尚且不能完全理解父亲断断续续提到的关于"大槐树"的故事，也一直不明白父亲每每提到大槐树时那怪怪的表情和异样的神情。时光荏苒，岁月流逝，当我渐渐长大，在外求学、工作后，夜深人静时，偶尔会有一种莫名的思乡之情从心底泛起来，似乎对父亲曾经的一些言行有所感悟。

那次山西之行，我之前并不知晓要去往何地。兴许也听说过要去的地方，只是对于不十分熟悉的地名记忆不深刻，并未记住罢。从西安出发时，春雨霏霏，乍暖还寒。途中，雨时大时小，时断时续，时急时缓，缠绵悱恻，让人的心情也渐渐变得潮湿。沿途树已绿，花已开，粉的、黄的、白的，开得煞是灿烂，一畦畦、一块块、一片片，在雨雾和远山的映衬下，宛如一幅幅天作而成的淡彩水墨画，暗香浮动，惹人怜爱。

收回飘飞的思绪，再望一眼路牌上的"大槐树"三个大字，询问同车友人：此地是否就是传说中的移民出发之地？得到肯定的回答后，心里顿时涌起一股暖流，这种感觉是以前从未有过的，是与每每想起陕北黄土高原上的家乡不尽相同的另一种感觉。

那一夜，睡得并不好。

简单的早餐过后，心情复杂地和大家一起来到距离住地不远处的"古大槐树"景点。景点门口是用水泥做得很逼真的古槐树根的样子，逼真的程度足可以假乱真。在拍摄景点的大门时，突然从镜头里发现一只通体黑色的狗从右侧闯入画面，一路慢跑地奔向前方，身影最后不知消失在何处。忍不住心里一动，端相机的手竟微微有些抖。

进得门去，那影壁上硕大又象形的金黄色"根"字，还有两侧的对联和浮雕，以及那桥、那雕塑、那镌刻在石碑上的关于移民之事的只言片语，还有描述移民生活场景和思乡之情的片段文字等，都渐渐将我引入了那个六百多年前的朝代。轻轻走在水泥铺就的路面上，我的心情无以言表，怅惘？激动？惆怅？还是……遂掏出手机拨通了数百里以外的父亲的电话。当父亲得知我真的就在"大槐树"下时，声调立刻抬高了几个分贝，甚至因激动连说话的声音都有些发颤，一再嘱咐我：一定要记着给先人们上香！父亲的情绪自然影响了我。

曾去过许多庙宇和道观，并不曾见庙就烧香、进门就磕头。在那里，在祖先们曾居住生活过，移民后裔魂牵梦萦的大槐树下，却不得不心怀虔诚和敬畏，烧香叩拜。恭恭敬敬地接过工作人员递过来的三炷高香，来到大大的香炉前。大红色的高香一经点着，火苗立时就蹿得老高。按照工作人员的指导，规规矩矩地深鞠一躬，抬头时，泪水已模糊了双眼。鞠躬后，小心翼翼地将高香插在香炉里，在包着黄色绒布的垫子上深深地跪下去。立时，就泣不成声。

六百多年前的大槐树下，扶老携幼、拖儿带女的人们无奈地走向不可预知的未来。六百多年后的这天，我双膝跪地抬头仰望，与我骨肉相连的先人们哪，你们究竟在哪里？！

那次回延安的鸡零狗碎

刚敲下"回延安"这三个字，就忍不住"扑哧"一声乐了。不自觉地想起了贺老的诗句"几回回梦里回延安，双手搂定宝塔山……"虽说生于陕北，长于陕北，工作于陕北，但一年回家也是屈指可数的几次。关于那年国庆节怎么过，我提前已经做过 N 种打算和设想。但临放假前几天母亲的一个电话，还是勾起了我的回乡情。放假次日，开着我们的"小四轮"，和家人一路走走停停地回延安。

清冷的秋水、憔悴的秋柳、怯懦的秋枝、将黄未黄的秋叶……

秋已至。

狗尾巴草，摇曳在秋风里，默默无语。身旁的路，由窄变宽，由土路变成石子路，后又变成了柏油铺就的公路，成了一条国道。满载的货车昼夜不停地奔忙，带着人们的希望和梦想。奔涌的车流总在搅乱飘飞的思绪，打断偶尔拾起的片段怀想。

蓦然回首，一秋二秋，已经过了四秋。盎然生机的春早已成为了永远的过去。播下什么种子，将会意味着发什么芽。至于是否能结出果实，则有多方面的因素，会有多种可能。种子，可以是一粒米、一颗豆，也可以是惊鸿一瞥，或者是——一次读心……

盛夏蝶舞蜂飞，正是花开烂漫的大好时节。园中花和山花一样绚烂奔放，争相吐艳。蜜蜂勤劳，蝴蝶贪玩，蚂蚁忙碌，知了悠闲，却都在努力快乐度过每一天。生命无常，唯有开心是最重要的。

崖边、山洼，一丛丛一簇簇生长着许多酸枣树。酸枣耐旱耐寒，自生自灭，自娱自乐。从青涩及至熟透，吃着全都是一种酸中带甜、甜中有酸的味道。偶尔吃几颗，总让人回味无穷。

据考证，人们平常吃的大枣就是从酸枣进化过来的。酸枣比枣的个头要小许多，呈不规则的圆形。和大枣一样，都是秋季结果，因其个小体轻，成熟后的酸枣往往仍可在枝头悬挂很久，有的甚至可能坚持到来年春天。早春和暮秋，还有漫长的冬季，北方大地一片萧瑟苍茫，了无生机，唯有无人采摘的酸枣在年复一年，努力装点这里的单调和孤寂，不醒目，不张扬，静默地停留在光秃秃的枝头。

没人知道它们的所思所想，它们的生命不论多么顽强，也只能勉强坚持一载春秋。来年春暖花开时，便不得不为新枝嫩叶让开一条生路。在枣树脚下，或者草丛中、河水里、崖边，慢慢地腐烂变质。直到最终成为什么虫蝇的食物，或者化作小草的肥料，走完自己短暂的一生。循环往复，一年又一年，酸枣树依然挺立，而酸枣却一生只有一年。每一颗酸枣都在经历发芽、开花、结果、渐次变红的过程，但是，每一颗却可能有着不同的命运。有的可能在还没有完全变红时，就已经被迫离开枝头；而有的却可能在布满荆棘的枝丫上苟且一生，直至终老。

现今的人们，仍然常常用酸枣树嫁接枣树，嫁接最初几年它可能还有一些酸枣的秉性。曾吃过一颗好大的红枣，一口咬下去，竟然是一种酸酸甜甜的味道，惊呼——好大的一颗酸枣？！当被告知这不过是一颗嫁接不久的大枣时，我却觉得好幸运。毕竟，不是每个人都能有机会恰好尝到这种枣的。

人的一生也和酸枣类似。来到这世界上，谁也不知道等待自己的将会是什么样的未来，所面临的又会是怎样的景况。唯有一步一步向前走去，并努力一路走好。

适逢一个不远不近的农村亲戚家娶儿媳，便兴致勃勃地跟着亲友们一起去"吃八碗"。开心的倒不是"吃八碗"这件事，而是以此为由头，去体验一次纯正的"农家乐"。这种美好的向往令人无比激奋。

河畔的红枣很是有名。终于站在枣树下，一颗颗红玛瑙似的枣儿分明在向人招手。征得主人的同意，从旁边的柴垛上拉下一根棍子，就迫不及待地敲打树上的红枣。这才发现枣树下、草丛里、河畔边，甚至河水里，滚落着许多半红或全红的枣儿。沿着河畔边走边打枣，手里提的袋子很快就装满了。

边走边打，边打边吃，真是超级开心，是一种很纯粹很单纯的开心。一户人家院落里的一树枣，还没打过，枝头沉甸甸地低垂着。我们只在树下站了一小会儿，女主人就热情地说：你随便打，随便吃，喜欢吃多少就吃多少！本来还准备小小敲一棍子，主人的憨厚和质朴反而让人不好意思。大家都红着脸说：我们就打剩下的枣……一路上，孩子们大呼小叫的，谁捡到颗大枣，都要兴奋地招呼大家前往参观评论一番，很自豪的样子。我总是以种种理由和借口把人家的劳动果实据为己有，好在小家伙们也都很是听话。

终于，听见有人在什么地方说笑。循着声音望过去，这才发现小河的对面恰好就是娶亲的人家，许多人站在河畔的院落边指着我们这边，一下子觉得很窘。后来，有人说当时的我像丐帮帮主：手里拿着根棍子，上衣斜斜地胡乱绑在腰间，身后的一群孩子也大都类似打扮，这也难怪。

喜欢这种放松的状态和偶尔的坏，童年曾是那么乖巧和听话，不曾做过调皮的孩子，不能不说是一种遗憾。既然是遗憾，就得弥补。

真切站在亲戚家的红薯地里时，有一种小激动。一定要多挖些红薯，想必吃自己挖的，一定和从市场直接买的感觉大不相同。

兴致勃勃又迫不及待地抢起镢头，向面前的一拨红薯用力挖下去——很遗憾！这一镢头仅仅只是挖了一个小小的土坑而已，大大出乎意料。再次抢起镢头，狠狠地向下挖了一镢头，在前一次的基础上，这次的坑稍微大了些，也深了些。但，仍旧只是一个"小坑"而已。一种莫名的、小小的沮丧感慢慢袭来。顿了顿，放松一下手腕，我重又握住镢头把子，咬牙狠劲向下挖去，仿佛镢头下面是个不共戴天的敌人。

镢头被抬起，我发现只有利刃上粘了一小块红薯。那是一个壮硕红薯的一小部分，因为挖得有点浅，这个长得还很不错的大红薯，生生被我的不小心给砍伤了，砍成了两截。其实"两截"只是目前的状况，将来被砍成多少截还很难说。我想把挖红薯的范围扩大一些，以免再次伤害到它。但是，又一镢头下去，还是只粘着一小块红薯。前一个红薯暂时逃过了一劫，它的一个无辜同伴却不幸遭遇厄运。

一下子觉得好懊恼。怎么这么笨呢？！可怜的红薯到底做错了什么？！还没有见着天日就被砍得伤痕累累。于是放下镢头，找来一根小棍子，一点一点小心翼翼地抠红薯周围的泥土……

终于看到红薯露出了大半截身体，席地而坐稍事歇息，发现同行几人并没有谁的情况好多少。被挖出的红薯大都缺胳膊少腿的，红色的外衣被磕碰得这里缺一片、那里少一块。大家互相谑笑时，那位远亲的身后，已经躺着许多个完整无损的红薯，我不觉惭愧了。

生活中的许多事，看着很简单的未必真简单；看着十分困难的，也不一定真的就很困难。正如这看似简单的"挖红薯"一样。

寂寞榆林不再寂寞

它和延安一起被称作"陕北"，许多人知道陕北有个延安，延安在陕北，却不知道还有它；它和延安同为革命根据地，在革命战争年代同样发挥了举足轻重的作用，但唯有延安被誉为"红都"。岁月流逝，光阴荏苒，它，却还是它。它的名字叫——榆林。

榆林，亿万年前曾是一片茂密的森林。后来，随着地壳的运动和变化，成了一片汪洋。在漫漫历史长河中不知又过了多少年，形成陆地。经过这些反反复复，榆林的地下便蕴藏了丰富的煤炭、石油、天然气和岩盐等资源，被后人称为"中国的科威特"。

榆林地处陕西、内蒙古、宁夏和山西的交界地带。北部是毛乌素沙漠和鄂尔多斯高原，南部是黄土高原。滚滚黄河水从它身旁蜿蜒流过，年复一年，哺育和滋养着沿岸的人们。万里长城从境内斜穿而过，风沙雨雪的轮番侵蚀和人为无意识地破坏，让它身心疲惫，日渐衰老。草原游牧文化和中原儒家文化在这里交融、汇集、冲突和碰撞，特殊的地形地貌和不同地域的文化、风俗、民情，使榆林形成了自己独特的风格和秉性，散发出一种寂寞的美丽……

多年前，路过榆林时曾短暂停留，在落日前的老街上散步。一群愉快的鸽子从头顶的天空斜斜飞过，停留在一座跨街而立的木质楼阁上。恬静、寂寥。盛夏的太阳正准备下班，蓝蓝的天空上没有云彩在游荡。在一个被当地人称作"莲花池"的公园里，拥挤着许多休闲游玩的人们和摩托车。嘈杂，却不失繁华。

几年后，到榆林工作生活。初到时，住在新建南路八狮下巷九号院，一个典型的、规规矩矩的四合院。在这个寂寞的塞外边关，在人们习惯住窑洞的陕北，竟能有如此精致的四合院？这自然引起了我的兴趣，工作和生活之余，透过手中的佳能相机，开始用好奇的目光慢慢探寻它的今昔。

榆林古城墙内夯黄土，外垒青砖，依山就势修建而成。由于沙漠的逼近和榆溪河的泛滥，历史上曾有"三拓榆阳"之说。"南塔北台中古城、六楼骑街天下名"的榆林城，是一座名副其实的国家级历史文化名城。南塔是凌霄塔，"南塔凌霄"旧为榆林八景之一。北台是号称"万里长城第一台"的镇北台，它是古关隘上的军事瞭望台，属长城防御体系中一处重要的建筑物，孤寂地耸立在大漠中独熬日月。

古城的老街上曾有钟楼、鼓楼、文昌阁、万佛楼、新明楼和凯歌楼六座楼，从街上横跨而过。由于历史原因，后来仅有三座楼在凛冽的西北风中默默伫立。再后来，随着榆林开发和开放步伐的不断加快，当地政府投入大量资金进行修复和重建，恢复了"六楼骑街"的原貌。只是宛若一个饱经沧桑风韵不再的老妇，突然间被谁抹上了粉黛，还插上了几枝颤巍巍的干花或者绢花什么的，怎么看都觉着有些别扭。

城内民居多为四合院，故榆林城也有"小北京"之美誉。四合院因由四栋房屋围合成院，故称为四合院。两个以上四合院纵向或横向串联而成的是大四合院，院落呈前厅后院二进式、三进式和四进式，四合院的建造规模与档次取决于户主的社会地位和经济实力。从明清至20世纪80年代，榆林城区尚有1100座四合院。历史的演变和时代的变迁，使榆林四合院的数量在逐年减少，院落也日趋破败、萧条。据文管部门统计，城内现存四合院700余座，其中具备基本规模的只有90多座，而保存较为完整的仅有9座。就在我拍摄的同时，一些"建设性破坏"仍在继续上演，欣慰的是，听说这些情况已经引起了有关领导和部门的高度重视。领导重视了，情况应该慢慢就会好转一些罢。祈祷它们千万别遭受修复和重建的折磨，停止破坏其实已经是对这些四合院最好的保护了！

榆林人的吃食总结起来可以用两个字来形容——"烩"和"炸"。羊杂碎、大烩菜、拼三鲜、和面、和菜饭、炖羊肉……以肉和豆腐、土豆、粉条等为主料，以片、条、块等不同形状和形式混合在一起，做出不同风味和风格的特色食品，大盆大碗地端上桌，很让人馋涎欲滴。从夜晚的梦中醒来的榆林城，空气中弥漫着一种味道，那是羊杂碎的味道。不论春秋冬夏，一碗滚烫的羊杂碎是许多榆林人，尤其是老榆林人的早餐。然后，四处都是摩托车的欢声笑语。

城区内窄窄的巷道和中间低两头高的地形，俨然是摩托车的天下。街头涌动的车流，仿佛一场活色生香正在隆重举行的摩托车展销会。骑踏板的美女们长发飘逸裙角飞扬，大个头摩托车上的帅男们更是前卫、时尚、令偶尔光临的外地人每每惊诧不已。为数不多的几路公交车，或慢条斯理地散步，或如疯狂老鼠般在街头狂窜，行人唯恐避之不及。像是莽汉在发威，也像醉鬼在放肆，又像是悍妇在撒泼。出租车和摩托车在城里恣意妄为，如入无人之境。行人过街脖颈极尽灵活地左右高频率转动，努力让自己身手敏捷地躲避疾驰而过的车辆。逛街，像是过独木桥，或是走荆棘丛生的乡间小道，险象环生。

每天有数班飞机往返于榆林和西安之间，斥巨资新建的大型机场已经建成；每日早晚有多趟列车往返于榆林和西安、宝鸡、安康；通往西安、宁夏、内蒙古的高等级公路宽阔笔直，一、二级公路遍布境内，蛛网一样与四周相连。便利的外部交通方便了人们出行，也为榆林经济的快速发展奠定了基础。

一年之计在于春，可是榆林却没有春天。昨天还裹着厚厚的棉衣，一夜之间，温差突然缩小，次日外出便不得不开始狂减衣衫。冬衣的余温尚存，人们却已换上了单薄的T恤或衬衫。前几日还有沙尘暴的影子，转眼间，漫山遍野的山山峁峁和沙丘上、广场的花园里已是一片郁郁葱葱，迅即又是桃红柳绿彩蝶翩飞的夏日。一年四季，榆林唯有三季。春天，是不属于榆林的。夏日的艳阳常常待在人们头顶的天空上，一动不动。晒得黄土和黄沙滚烫复滚烫，卖冷饮的小摊生意便超乎寻常的火爆。秋天只不过是夏往冬的一个过渡，只几天光景，树叶很快换成了黄褐色的衣裳，然后减肥，以便让秋风随时带走自己。漫长的冬季，干燥清冷，一派萧瑟。

独独喜欢榆林的天空，在无雨无雪的日子，榆林的天空大都是蓝的。静寂的、恬淡的——蓝。在写这篇小文时，使劲想：只说它蓝似乎还很不够，理应在"蓝"字的前面加上个什么修饰词。比如：蔚蓝、湛蓝、深蓝，或者海蓝……思来想去，觉得哪一个词汇都无法准确形容它的蓝，无法让人一目了然地感知它蓝的程度。其实不能感知也无妨，有时间的话，你亲自去看看就是了。

很多东西，因为响亮而声名远扬。有些东西，因为沉静和寂寞，得以长久留香。榆林，兼而有之。

一座曾经叫作长安的城

一座古老而文明的城市，历史老人曾镌刻了无数的辉煌；一座朝气蓬勃的现代化国际大都市，时代赋予它特有的风姿神韵。它的名字，叫——西安。有人曾这样比喻：中国是一棵参天大树，到北京看到大树的树冠，到西安看到深埋在大树下的树根。

西安，古称长安，是古丝绸之路的起点。近些年，曾有人试图将它的名字又改称"长安"，无奈后人早已习惯和认可了"西安"二字，一番折腾之后，西安，仍就是西安。早在100多万年以前的旧石器时代，蓝田猿人就开始在这里安家落户、生儿育女，人类始祖开始由蛮荒走向文明。到了六七千年以前的新石器时代，日益聪慧的先民们在西安市东郊建造了造型简单、经济实用的原始村落——半坡村，这是中国母系氏族公社繁荣时期的典型代表，也是我们的祖先逐渐文明的又一重要见证。

西安是我国建都最早、历时最长的古城，有3100多年的历史，曾先后有13个王朝在此建都。汉唐时期，西安就是古中国政治、经济、文化和对外交流的中心，是人口最早超过百万的一座国际大都市，堪与古罗马相媲美。建都城多，自然多帝王陵墓。对于一国之君来说，在世时高居万人之上，尽享富贵荣华，死后自是不会薄待自己。于是，一座座修建得气势恢宏、华丽考究的帝王陵墓，给这座城市增添了许多异于其他城市的神秘庄严和雍容奢华。因其众多，也因其相对较为集中，后人在生产生活时，往往会一不小心惊扰故人的旧梦，让沉睡千百年的一代代帝王陵墓和不计其数的陪葬品重见天日。也不知道它们是否情愿，不过，也由不得它们了。当年，临潼一位叫杨志发的老汉，就是在打水井时意外发现了秦始皇陵兵马俑。杨老汉当时一定不知道，他这个意外发现后来不但震惊了国人，而且震惊了世人，以至于最终被称为"世界第八大奇迹"！

方方正正的明代古城墙，历经一个又一个时代的变迁，仍傲然挺立于城市的中央位置。晨钟、暮鼓和依然流淌的护城河，给这座迄今为止世界上保存最完整、规模最宏大的古城墙遗址增添了许多生机。后宰门、书院门、端履门、案板街、炭市街、广济街，尚德路、尚勤路、尚俭路、德福巷、安居巷、索罗巷，大差市、饮马池、柏树林……一个个寓意深刻、令人玩味的街道名称，或有书卷气，或有烟火气，或质朴直白，或蕴涵某种期许，从它们诞生之日起，也经过一些反反复复，然后沿用至今。深厚的历史文化积淀和浩瀚的文物古迹遗存，使西安可以当仁不让地被称为华夏文明的发源地、中国古代社会的"自然历史博物馆"。

西安，有全世界为之惊叹的古典文化，有全人类为之骄傲的传统艺术，汉唐时期就达到高峰的中国古典艺术，长久地影响了中华民族的文化发展。百年名校西安交通大学 1956 年从上海迁至西安后，热情好客的西安人用新建的兴庆公园欢迎远道而来的全校师生。如今，兴庆公园造型精美的沉香亭虽已过天命之年却仍风韵犹存，而西安交大，它是 100 多位院士和国家领导人的母校，也是国家首批建设为具有世界先进水平的一流大学的九所大学之一，同时也是西安 50 多所院校的"领头羊"。西北地区唯一的高等音乐学府——西安音乐学院，它的第一任校长竟然是我们的开国元勋——贺龙元帅。贺龙元帅一生戎马倥偬，驰骋疆场，谁想竟能武亦能文。同样也是西北地区唯一一所专业高等美术学府的西安美术学院，和西安音乐学院同年创办，她们一起为西北乃至全国培养和输送了不计其数的音乐、美术等艺术人才，都是我向往已久却因种种缘由一直没有踏入的神圣殿堂。

繁荣昌盛时期的古人，在衣食无忧之后，也十分注重文化娱乐和休闲放松，透过造型精美、色彩浓艳的唐三彩可以窥其一斑。宽袍广袖的低胸长裙，把女人们妖媚婀娜的身姿衬托得更加美艳动人，松鬓高缩，配上轻描淡抹的柳叶弯眉樱桃小口，任是柳下惠恐怕也难免浮想联翩。张艺谋导演在他精心打造的《满城尽带黄金甲》中，让一群群妙龄丰盈的女子重现了当年盛世时的部分场景，却换来铺天盖地褒贬不一地一通评说，使用率最高的词汇似乎是"波涛汹涌"。而仿唐乐舞却成了这座城市日渐兴盛的城市娱乐。观之者，无不恍若回到了大唐盛世，回到了古长安……余音绕梁，回味无穷。

在大唐的明月映照下，杨玉环让李隆基一见倾心，再见倾城。两情相悦，克服重重障碍，爱得忘乎所以。他们也有过幸福与欢乐，不管这个快乐是建立在何人的痛苦之上，却和许多爱情故事的结局大抵相同，最终也是以悲剧收场。因为在美人和江山之间，那个一直把爱情挂在嘴边的男人在一番装模作样的痛苦之后，最终还是选择了后者。但那里的温泉还是值得一去，只是许多熟识不熟识的人在一池池花香诱人的温腾水中浸泡，总觉着有些暧昧的成分。

西安高新技术开发区，如同一块磁石，深深吸引着全国和世界各地的优秀人才和优秀企业。他们来这里创业、发展，一步步走向辉煌；他们如同一棵棵稚嫩的幼芽，在这里沐浴着阳光和雨露，直至长成参天大树。如今，这里已成为我国西部地区投资环境好、市场化程度高、经济发展最为活跃的一个区域，成为陕西、西安新的、最强劲的经济增长点和对外开放的重要窗口，成为我国发展高新技术产业的重要基地。二十年，一个人会从呱呱坠地的"小破孩"成长为睿智、豁达、强壮的青年，或是玉立亭亭、扶风摆柳的美艳女子。而作为这座城市的一部分，西安高新技术开发区正昂首阔步，朝着"中国西部创新科技城"的宏伟目标大步迈进。

生活在古城墙根的西安人，恬淡闲适，安逸无忧。倒不是说他们有多么富足，而是经年累月生活在帝王将相的影子里，难免沾染一些小小的优越感和满足感。城市的改朝换代、拆迁改造和如今的飞速变化，并不能影响到他们的生活状态和人生信条。慢条斯理地走路，慢条斯理地生活，沿着自己的人生轨迹。他们永远想不明白，那些匆匆的脚步都在忙些什么；他们也永远猜不透，那些经常背在年轻人身后被称作"笔记本"的，到底是何物。

写一座城市，不能不提到它的吃。撇开各种外来菜系不谈，千百年来，西安的餐饮经过传承和不断发掘、创新，形成了以唐菜为主的传统菜和以陕菜为主的现代菜。气派豪华的各种高档酒楼、大饭店，还有星罗棋布遍及各条大街小巷的小吃店相得益彰。东门外不远处老孙家门口巨大的"天下第一碗"，吸引着游人好奇的目光，也让路过的人们每每总忍不住驻足观望，忍不住进得店内。找张桌子坐定，要上一个碗、两张饼，对着无辜的白皮饼连掐带拧，仿佛有莫大的仇恨似的，直到使其成为极小的丁状……其实，老孙家在牛羊肉泡馍主餐前，还有不少以牛和羊为主料做的各色冷热菜，我却觉得对于一碗美味无比的泡馍来说，前面的那些吃食太过多余，不吃也罢。诚然，西安的饺子宴、灌汤包、肉夹馍……还有形形色色宽宽窄窄的面食，都在争分着西安餐饮业的秋色，还有那些独具地方特色的小吃，更是声名远扬，年复一年吸引着四面八方的宾朋。

与西安市邻近的咸阳市，已经和西安共用一个区号。按照城市的规划和发展趋势，未来的咸阳市将与西安市最终融为一体，成为他血脉相连、不可分割的一部分。西安自古就是交通要道，如今的西安，铁路、公路、航线如同蛛网一般四通八达，把西安与全国、与世界连成一片，让海角天涯变成咫尺，让万水千山变成通途。电车、大巴、中巴、出租车共同营造了良好的城市交通体系。随着"车改"的实施，私家车大量涌入城市，还好，一条又一条的环城路、一座又一座的立交桥正在缓解这种状况，地铁也在不断加快建设……西安，将呈现出立体式的交通格局。

昔日的辉煌让人骄傲，今日的腾飞更让人惊叹。未来的西安，从城市人口增长到政治、经济发展，从市容市貌建设到科技、文化创新，将是一座日新月异的城市，是一座永远年轻的城市，呈现出一个民族的生命力，吸引着全世界的目光。城市将更加文明、卫生、规范和秩序化。西安，虽饱经沧桑、多历风雨，却正在褪去历史的尘垢与污泥，焕发出前所未有的活力与生机，傲立于世人的面前。

北田以北的路

那天早饭后，大家满怀欣喜地乘车从北田出发，一路向北，向北。

一群热热闹闹的人们凑在一起，难免叽叽喳喳又嘻嘻哈哈。途中，东道主手拿话筒只需穿针引线，就有性格活泼的人们相继登场一展歌喉，穿插其间的还有诗歌朗诵和咿咿呀呀的戏曲。于是乎，窗里窗外都是一派勃勃生机的景象，让本来枯燥无趣的路途也变得乐不可言、热闹非凡。

与张文睿坐在一起。张老师很早就是副刊编辑，能编又能写，他编的副刊在行业内外都红红火火的那个时期，我还不曾专职做副刊。后来，电力企业像张老师那样，既编辑版面又写作的副刊编辑越来越少，及至寥寥。他，分明就是业界的佼佼者。

在我人生旅途的几个拐点处，都曾站着《西北电力报》副刊编辑韩小士，张老师也曾在一些重要节点上，给过我许多中肯的建议和实际的帮助，十分感激。聊天期间，张老师不忘拿过话筒唱了几首悠扬的小调，自是大家从流行音乐排行榜和电视上的音乐节目中无法听到的美妙、朴素、婉转。张老师谈音乐，谈电影，谈共同感兴趣的一些话题，还分享了他下载的一些歌曲，被广为传唱的《又见炊烟》，邓丽君和王菲都曾用她们各自不同的嗓音深情演绎过，然而当石川小百合的日语原唱通过耳机缓缓流淌出来时，我竟愣住了——同样的旋律，还可以这样更加优美啊！相似的唱词，还可以唱出这样更有味道的感觉啊！柔美的腔调、吐字的轻浅呢喃，以及歌词以小见大的温馨和美好，让我深受感动，只一瞬间就有些不能自抑，泪水转瞬就毫不犹豫地夺眶而出。起初我还用纸巾轻轻擦拭，后来就任由泪水一路奔涌而下，胸前的衣襟很快就被濡湿了一块，忧伤的情绪过了好一会儿才渐渐平复。

《又见炊烟》的原曲为一首日本童谣，后由斋藤信夫作词、海沼实作曲为《星月夜》。二次大战结束后，改写成《里の秋》，是描写母子在家祈求战后南方的父亲平安归来的场景——

里の秋

作词：斋藤信夫

作曲：海沼实

静谧的 静谧的 村落之秋
屋后那个果树果子落下来的那天晚上
啊 只有我和妈妈两个人
正在用地炉煮着栗子

明亮的 明亮的 星空
野鸭正在夜间渡行
啊 父亲的笑脸啊
在吃栗子的时候就想起来了

另一个版本的歌词是：

静谧的 静谧的 故乡的秋天
后门果树的果实熟落的秋夜
妈妈和我 我们两个
围坐在地炉旁 煮着栗子

明亮的 明亮的 星星的夜空
鸣着鸣着 夜鸭游过的夜晚
在吃栗子的时候 不由想起
爸爸的笑脸

再见了 再见了 椰子岛
希望驾着扁舟的爸爸
能够平安无事地回家
今晚也和妈妈一起祈愿着

MV 中的母子俩穿着朴素，但脸上都洋溢着幸福和喜悦，很知足很满足很温馨的样子。家里有后院，就必定会有前院，有住房，就不是无家可归者；有果实从树上掉下来，就有食物吃，不至于食不果腹；当一家人有房子可住、有食物可吃，又有衣服可以穿的时候，人的基本生存是有保障的。

那样一个看似稀松平常甚至有些庸常的生活场面，被词作者悉心描绘出来，被作曲家赋予优美的意境和旋律，被演奏家伴奏并被歌唱家声情并茂地演绎出来，那样的场面是可以打动人心的，而且直击人心中最为柔软的那一处。虽然它描绘的其实不过是人们平常生活中一个很小的点，也是司空见惯的一个生活场景，那又怎样？它打动了你，它令你感动，这就说明它成功了。

平静下来后，暗自思索，我们总是在谈论和书写一些过于宏大的叙事题材，题材大了自然难免就空泛或不可控，缺乏感动人的细节。如果没有了细节，没有了令人为之动容的细节，没有了让人读后过目难忘的细节，一个文学作品再怎样题材好、架构好、文笔细腻或洒脱都难以打动人心。不能打动人，不能让人感动，那样的作品自然难有生命力。那么，一个没有生命力的文学作品，又何谈传播和流传？！成为经典，更是连想也不要想的事。

时隔多日，总是会不自觉地想起那一瞬间的感动。那感动不只是感动于一首旋律优美的歌曲，或者一个亲情融融的生活场景，而是感动于艺术之美、之魅，感动于艺术家能从看似平常的，甚至有些平淡的现实生活中，发现美好，留恋美好，并对未来满怀希冀、无限神往的情愫。如果心中有美，那么生活中处处都能找到美，哪怕一片树叶、一朵小花，都有它独特的美。

在几天后的一个活动中，一位颇为知性的姐姐在发言中说道：生活不都是快乐的和幸福的，生活中也有许多的落寞和寂寥。但只要我们用欣赏美的眼光去欣赏阳光和雨露，用欣赏美的眼光去欣赏花草树木，用欣赏美的眼光去欣赏山川河流，就会发现它们恬淡而愉悦，清新而爽快，辽阔而深远。

生活中的美充斥在各个角落，只要你学会发现，学会欣赏，为心灵打开一扇美的窗户，智慧的光芒和生活中炫目多彩的美就一定会呈现在你的眼前。

诗和远方的田野

采风时，我对那个"全国质量信得过班组"——朔州公司变电运检室油务化验班中的瓶瓶罐罐表现出了极大的兴致。身穿白大褂的工作人员耐心细致又不厌其烦地一一讲解，直至我看上去好像听懂了一样。虽然实则仍然听得一头雾水，一知半解，倒也无妨，毕竟隔行如隔山，也不打算把自己搞成这方面的专家，只是出于好奇想略知一二罢了。

沿着计划中的路线走马观花地看了"高建国劳模创新工作室"，实在因为人太多没能挤到近前，只在人们整体转移到下一个地方时才进去匆匆看了看，既称之为创新，人家必定有许多过人之处嘛，那就学习啦！

在朔州公司的职工书屋，随手拿起桌上摆放整齐的打印资料，竟是一个评论，而且还是关于《狼图腾》的，怎么可以不仔细瞅一眼呢？！原著是畅销书，电影则是由著名编剧芦苇亲自执笔，来自法国的大导演让·阿诺等一干人马花了五年时间精心打造而成。首映当日我就直奔影院，感动之余也写过一个"热气腾腾"的影评以抒怀。

参观了女职工书画摄影手工展，对那幅十字绣的《清明上河图》心生羡慕嫉妒，自己画都画不了那么好，人家竟然拿一根针一根线就绣出来了，看来人间处处有高手啊！进入职工活动中心，走过体育馆、羽毛球馆、健身房、瑜伽室等，给出的结论是这个企业是重视职工文化生活的，而且重视职工文化生活已经有好些年了，这从运动场地并不算新的地板、磨破相当严重的自行车座和瑜伽室的木质把杆可以略窥一斑。没能忍住，把腿搭在把杆上试着练习压腿，感觉木杆就是好。

短暂的座谈会上，观看了国网右玉黎明共产党员服务队、山西省特级劳模高存博和"感动山西电网"人物宋丽芳等的先进事迹。一般情况下，那种汇报形式很难得到太多感人肺腑的东西，当着单位熟悉的同事和领导，同时又当着完全陌生的一干人马，与几十个人端坐在会议室里聊自己，对当事人真是一件为难事。我并不认为谁能在那样的一个场合说出多么感人肺腑的话语，便没有太多期待，一边听着看着，一边随手在面前的本子上写写画画的。

当圆太极代表大家抛出问题——"你觉得自己最对不起的人是谁？"三人遂各自娓娓道来最对不起的那个人：高存博对不起的人是父亲；宋丽芳对不起的人是女儿和爱人；右玉黎明共产党员服务队刚参加工作没多久的队长尚未成家，还不能体悟太多亲情方面的离别和伤痛，但那些都是一个人成长的必需，他的人生旅途中一定会遇到。

听着，听着，突然萌生了给劳模们画漫画的念头，并即刻动手，边听，边构思，边画。给宋丽芳画了一朵玫瑰花，用细碎的线条试图画出它的立体感，写道："风雨彩虹／铿锵玫瑰／送您一朵／越来越美。感动山西／感动电网／感动每一位被感动的人。做女人难／做名女人难／做一位感动别人的女人难上加难／祝好！"给高存博的画面正中间写了大大一个镂空的"孝"字，挂着一滴清泪，旁边挤挤挨挨画着各种花草点缀，还有几只爱心之手托抚着，写道："干工作是劳模／生活中也努力做劳模！"给年轻的队长在画中写道："虚位以待／虚位与否不重要／服好务／当好儿子！"

坐在座谈会现场的座位上，貌似平静地聆听劳模先进以及其他人各种情绪的发言和讲话，实则脑海里早就波澜起伏惊涛骇浪。终于在座谈会结束那一刻完成了三幅仓促而为的作品，签上自己的名字，并迅速站起身，把它们分别递到三个人的手上，同时轻声说道："送给您！"

心灵受到震撼的，还有在大刘庄光伏电站的偶遇。

在一大片宽阔的土地上，规划整齐地排列着深蓝色的太阳能板。远远望去，摄人心魄；凑近去看，那种震撼同样让人窒息。

上学时就多次去过火力发电厂，参加工作也是从火电厂开始的，记忆中最早关于电的产生，除了课本上讲的核电和水力发电外，最主要也最为普及的就是火力发电了。大老远地就能看到火电厂巨大的冷却塔、高耸入云布满灰尘冒着黑烟的大烟囱、机声隆隆的厂房、堆积如山的燃煤、伸出机房外的输煤通道……那一切虽已过去好多年了，但却是人生经历中的一部分，也是构成人生必不可少的一部分，是不能被轻易抹去的。

最主要的，是每年夏天当水力发电充沛时，火电厂的设备就要被"开膛破肚"地进行大检修了，各种花花绿绿的宣传标语在厂区里张贴得到处都是，所有人不论哪个岗位都要去厂房参加劳动……那是一段苦日子，也是令人难忘的，正是那段每次回想起来都五味杂陈的人生过往，才锻炼也锤炼了自己。吃过那么多的苦，以后的日子就再也没有吃不了的苦。人生，吃苦是福。

关于太阳能发电的参数和指标数据等，其实外人知道了无妨，不知道也无妨。我在心底慨叹科技飞速发展带来的巨大变化，也在慨叹太阳能被人类用来产生电能的同时，不但于周围的环境无害，反而有益的惊诧。靠近太阳能发电设备时，努力摁住一颗狂跳的心，但却难以收拢纷飞的思绪。

那一块块汇聚现代高技术的智能产品，看上去其实远没有听上去那么高大，也不能从目光所及发现多少新鲜之处，但它就是属于新能源的范畴而非传统能源，这是不争的事实。人们往往对新事物新东西满怀好奇，这也是很正常的。围着太阳能电板左看看右看看，简直稀罕得不得了。太阳能板被固定在地上的水泥柱上，而安放水泥柱的并非肥沃的良田，是不好好长庄稼的盐碱地。

盐碱地？那可不是不毛之地嘛！

离开光伏电站建设好的人行通道，轻轻地一脚踩在旁边盐碱地上，脚下的土松软干燥、绵软无力，穿在脚上的机车雪地靴立刻陷下去好几公分。不知道这个光伏电站建设以前，这块土地上的人们是怎样讨生活的，那么电站建成后呢？又会对这里的人们的现实生活有些怎样真实的帮助呢？起码，大环境没有进一步恶化吧！起码，总可以多提供一些工作的机会吧！这样想着，就觉得欣慰多了。

暮春午后的风徐徐吹来，依旧有些凉意，短发在风中愉快地飞舞，飞舞。远眺四周连绵的群山，一些山脊或山腰上断断续续隐约可见古长城的断壁残垣，也有几座烽火台孤寂地耸立在绿意不浓的远方。

更远的远方呢？有诗吗？有庄稼茂盛的田野吗？有吗？

第三辑

努力到底有什么用

到东城区图书馆的路有多远

一大早，北京市东城区图书馆一楼大厅已经等了许多人，既有青春年少的身影，也不乏苍苍白发的老者，人们有的在静静地等候着，有的和相熟的人交谈着。大厅内醒目位置的一个展板上，是著名作家刘震云的文学创作情况介绍，讲座的主题是"解读当下文学创作生态"。心里一阵窃喜。刘震云是自己喜欢的作家之一，读过不少他的作品，也看过很多由他的文学作品改编拍摄的影视作品，甚为喜爱，百看不厌。按照一位长者的指点上到三楼，门外已经排起了长长的队伍，我赶紧站在队伍后面。差不多九点钟时，门被从里面打开了，人们急切地按照队伍的顺序拥进去，入座，并给相熟的人占座。我在靠边的地方找了一个合适的座位，对即将开始的讲座满怀期待。

"成为作者是一件很偶然的事。我是个作者，但作者不是一个多么严肃或者不可或缺的职业。我妈不识字，我妈的妈也不识字，这个传承的链条很脆弱！"——这是刘震云的开场白。之后我无数遍聆听当时的现场录音，因而，记忆深刻。

陪刘震云坐在讲台上的，是著名评论家何镇邦。刘震云说，自己的作品之所以能被广泛认可，主要是因为编剧好、导演好、演员好，而母亲却说：是儿子的书写得好！刘震云踏入文学路之前，母亲一遍遍在他耳畔提到的是鲁迅和鲁迅的那些名作，这让他无比兴奋，以至于他自己成为名家后，每次讲课必定会提到这段美好的记忆。

在东图听的第一个讲座竟然是刘震云的，这也让我激动了好一阵子，并在不同的时间段把自己激奋的情绪四处释放，以至于意外引来无数羡慕嫉妒的目光。

之后，一个又一个周末，只要没有着急的采访任务，只要没有其他特别重要的事情，大都会到东城图书馆听讲座。然后，和大家一起共进 AA 制的午餐。吃饭本身和吃些什么倒在其次，最主要的是听取大家对于当天上午讲座的讨论。

同一个讲座，为什么自己是这样的认识，而别人却是那样的看法？这些不同的观点，对于更好地消化吸收听课内容有着不可多得的作用。我喜欢倾听来自不同领域读者的声音，虽不一定会对自己的人生观、价值观，以及文学素养的提升，或者文学等艺术创作起到什么决定性的作用，或是有质的改变，但那些东西会在脑海中形成碰撞，激发并让自己得到某种程度的提高，我很珍惜！

一直都记着刘震云说过的话："除了《36计》，还有37计：没计。"他说，有计谋的人都是聪明人，聪明人都被聪明误了。社会在变，作者也要变。

也一直清楚记得，当天下午恰好是东城区作家群与读者的新年联谊活动，叶廷芳老师盛情难却又激情满满地现场引吭高歌，见到这位无比敬仰的老作家极可爱的一面，真是幸运得很哪！

窗外是呼啸的北风，路人大都"全副武装"，行色匆匆，一些店铺装扮得很有节日氛围，虽然那只是一种效颦的东施之举。

在东图，聆听了梁晓声、韩静霆、关仁山、叶廷芳、何镇邦、韩小蕙、徐刚、梁秉堃、黄亚洲、田珍颖等一大批著名作家和编辑家的讲座，采访了其中一些，并通过他（她）们结识了更多的作家；见过央视名嘴赵忠祥主持之外精彩的一面，见到和自己一样非常喜欢张爱玲的学者止庵，见到革命前辈之后罗点点，见到同行里的佼佼者王军……

到东城图书馆的路有多远？不远。

一次次去东图听讲座，于自己是一种不可多得的体验。京城交道口附近那座不算高的楼房在我心中是神圣而睿智的。我的老家就在陕北的交道原上，每次出地铁后看到十字路口附近的站牌，都会顿时心生亲切之意。每个周六的上午，东图张开它宽厚的怀抱，欢迎、接纳、包容。其实，东图的讲座不只是周六有，其他时间也有一些规模不一的各种讲座，更有一些经典影片的免费观看和丰富多彩的文化活动等。

东图是开放的。有智慧者在这里传播智慧，渴求知识的人在这里获取智慧。人们在东图提供的平台上各取所需，因而，东图的天空是明亮的、澄澈的、美丽的，蓝！

知識的力量

文字的世界

带家人去过东图，也带出差的朋友去过东图。每次和人谈论起东图和在那里听过的精彩讲座、见过的人，眸子里顿时散发出异样的光，神采飞扬，平日里并不善言谈的一个人，立刻口若悬河。每次在东图听完讲座，午餐结束，和众人分手后，转而去不远处的中国美术馆观看展览。美术馆闭馆后，又去附近的三联书店，坐在台阶上静静地看书，直到书店下班。这样"三点式"地过周末，使生命增加了长度和广度，人生因之而丰沛和饱满。

冬去春来，夏尽秋至。一次又一次的东城图书馆之行，潜移默化中，对我的影响是非常非常明显的。

岁月流逝，星移斗转。到东城图书馆讲课的老师换了一个又一个，听讲座的人来了一拨，又走了一拨，其中既有长年坚持的老读者、老听众，也有不断加入的新读者、新听众。变化的是人，不变的是东图和东图特有的气质。东图，必定会深深地影响一代又一代读者，源远流长。

去罗兰咖啡馆看展

当东方的天幕刚刚泛起一些轻轻浅浅的橘红时，我从夜晚香甜的睡梦中醒来。伸个懒腰，斜倚床头，迎着晨曦向外望去，城市建筑物还在酣然入眠。吃过一个苹果，倒了一杯开水，打开枕边的笔记本电脑，急切地开始敲字，顺便记录旅人的喜悦。

一段时期以来，得知我在河北承德闹市一幢楼上的罗兰咖啡馆举办首次漫画个展的消息时，一些关心关注我的人们总是会提出一些善意的疑问。从春节前开始，准确地说，是从去年冬天持续不断的雾霾天开始，就已经在考虑要不要办这个展览，以及怎样从自己那些风格并不统一的漫画中挑选作品、以怎样的形式重新绘制的问题。而大家问得最多的那些"为什么"却似乎并没有进入思考的范畴。

知道众人的疑问都是善意的，可是一次次地被问及，一次次地讲述缘由、仔细作答。突然有一天，连自己都觉得：是啊！为什么是罗兰咖啡馆呢？

曾写过一篇题为《缘是个什么东西》的文字，对于人生旅途中一些自己愿意走近的人，言语中有时会说"我们真有缘"。也曾被问道：你是不是对于喜欢的人和事都用"有缘"来形容？如果一定要这样讲，那么与罗兰咖啡馆的相遇应该也算是这样的一种机缘。

时间又回到不堪回首的2012，各种围绕"灾难"的话题接二连三，无论有多么煎熬或者难挨，过来了，就是另外一重天。是惊喜，也是欣喜。而2012，是不能被忘却的，也不应被忘却。大概秋冬时节吧，未曾谋面却不乏真诚的罗士洪先生，通过网络邀我在他的罗兰咖啡馆办漫画展。

抽空浏览了罗先生的博客和网络上关于罗兰咖啡馆的诸多文字、图片，把手头的事情又做了一番梳理，数次沟通后，觉得应该以同样的真诚作为回馈。

画漫画多年来，自己的作品也曾在一些展厅陈列过，只是还不曾被稍微集中地展示。

春节是快乐的。快乐的春节期间完成的一项任务就是精心绘制了30幅参展漫画。总被调侃"路子野"的我，索性在对折裁开的素描纸反面作画，使用最小号的毛笔和数次搬家都必须带着的一得阁墨汁，新启用一位漫画前辈送给我的一个砚台，画画颜料是水粉、水彩和丙烯。

创作的过程是最为享受的。经过反复尝试，确定了一种较为合适的画心，画好框线，标注好各个位置的尺寸，置于墙上，作为模板。而从旧作中遴选参展作品的过程稍稍有些纠结。一个又一个寂静的夜，在长安城里明城墙上仿古宫灯的照耀下，打开移动硬盘，从一个个资料文件夹中挑选合适的漫画作品。不由得，却总是会莫名陷入当初创作时的情绪。回忆，一次次的回忆让自己顺便审视了十多年的漫画创作之路。艰辛，却满怀希冀。

一个业余漫画作者，这些年来，虽然一直在漫画和其他创作的漫漫征途上艰难跋涉，未敢懈怠，也得到过一些肯定，却始终觉得头上"业余"二字沉甸甸的。好在业余惯了，无知者亦无畏，也不再惧怕什么。对于自己不是很有把握的事情，多会选择试一试。成了，咱继续；不成，业余级选手，还有其他活路。

无数次参加各种考试，最不喜欢做的就是选择题。许多时候又面临选择，或是一种不得不做的选择。单项选择，总在苦苦纠结于究竟该选哪一项，孰对孰错；多项选择，又要为到底还有哪一项可能会被漏掉，或者是不是选择多了反而适得其反，而揪扯着脆弱的心。在这样的选择和被选择中年岁渐长，心智有时却依旧稚嫩得可笑。

最终，狠心选出50幅作品，打印成彩色画稿，供自己再次创作时参考。在一切可能的时间里，用铅笔轻轻起稿，用毛笔勾线、上色，然后修改、盖章、签字。全部流程完成后，喜滋滋地看着颜色亮丽、笔墨一新的画作，感觉所有付出的汗水全都洋溢着无与伦比的快乐。

之后，把这些画作和一些自己的书籍从长安城寄给中国地图东北方向的罗士洪先生，顺便寄去自己的喜悦和期待。

没多久，经过罗先生悉心装裱的画作就在罗兰咖啡馆里展示出来。

那一天，是三八妇女节。

看到罗先生从网络上发来的漫画展览有关图片时，仿佛亲临一样。内心里满是欢喜，随即第一时间贴在自己的QQ空间和新浪博客上。很快就收到一些朋友的信息，在众多"祝贺""恭喜""支持"之类的留言中。更有其他一些地区的朋友邀请我去办展。我以为，这些都是鼓励。因而，对于各种渠道关注和帮助这次漫画展览的人们，尤其是身兼这次展览策划人、制作方、场地提供者、宣传负责人等多个身份的罗士洪先生，充满感激。

五一节前夕，和好友饶赟及她的父母一起驱车200多公里，从北京到河北承德去观展。车上才知道，我和饶爸爸当年学的是同一个专业，顿时觉得和健谈的饶爸爸又亲了三分，两人立刻热烈地谈论着我们专业的那些事儿。

我是第一次去承德，对此行充满期待。饶赟和父母虽然都不是第一次去，但因为和以前去的时间相隔较远，同样满怀期待。一路上，我们走走停停又停停走走，兴奋地眺望远处山脊上断断续续蜿蜒铺展的长城，还有一个个历经战火但却保持完整的烽火台，争相形象地描述夕阳映衬下的远山轮廓究竟像人，还是像物。

一路欢乐，一路笑声。

之前，脑海里无数次勾勒出现在眼前的展览将会是怎样的一番境况，可当真切地站在罗兰咖啡馆门口时，内心还是有些震颤。

电梯上到五楼，停住。步出电梯右拐，一眼就看到"罗兰咖啡馆"的招牌醒目地被层层叠叠堆砌的啤酒桶簇拥着。被一根棕绳挽在一起的两块木板，本色、天然，显然是DIY的结果。"始于2012"告诉人们，咖啡馆的主人对它的建设可能并不打算只是一种短期行为。而比招牌更为醒目的，是约有一人高的"吉建芳原创漫画作品展"宣传展板，展板上的两张大幅照片是自己外出游玩时被要好的朋友拍摄的，笑容灿烂，青春洋溢。旁边的墙壁上挂着喷绘的《吉建芳的漫画情缘》一文。我发现所有展板上色块的基调都是"国网绿"，不知这是一种巧合，还是主人有意而为。

站在展板前，分明能感觉到一股热烈的气息迎面扑来，试图将我淹没。不敢去正视，赶紧局促地低下头，推开咖啡馆的门怯怯地走进去。进门时，听见门上的铃铛轻轻响了几下，是在说"你好"吗？我笑了。

一眼望去，咖啡馆里的陈设以咖啡色为主调。咖啡色的吧台、咖啡色的书架、咖啡色的门框、咖啡色的玻璃边框……就连沙发和圈椅都是咖啡色系。

咖啡馆门口的左边是高高的吧台，吧台上摆放着各种必需的物品，一个"募捐箱"搁在吧台一侧。吧台前是两张高脚凳，以便客人进门时小憩。右边是一个报架，报架后面的墙壁上挂着一个展板，展板上展示着旅人的足迹。再往前的右边是一个书架，正前方也是一个书架。正前方书架的后面是一个高脚凳、一个乐谱架和一把靠在墙上的吉他，墙壁上是罗曼·罗兰的大幅油画肖像。作家的头微微向右侧歪着，右手轻轻撑持，充满睿智的眼神斜斜地向上望着远方，望向我不能知道的所在。表情凝重，似在思索，又似在遐想。书架上和靠墙的位置，都被挤挤挨挨的啤酒桶占据了许多位置，其间夹杂着其他酒品、艺术品。一束插花，一盆绿植，一件工艺品；棋盘，飞镖盘；雪白的陶瓷维纳斯，精致的情侣玩偶；藤椅，沙发；悬挂在四周的各国旗帜，随意放置的展览宣传册……凌而不乱，多而不杂，处处渗透着主人的品位。

罗先生一一介绍咖啡馆的工作人员，并引我们来到一个稍大些的屋子。屋子中央是一张长方形的桌子，或者是几张桌子拼成的长方形。周围摆放着一些椅子，这个空间看起来可以同时容纳十几个人小聚。四周白色的墙壁上，除了一块凹进去的部位权作书橱外，其余部分密密麻麻的是许多到此一游的痕迹，也有一些热切的诗句或者深切的感悟，其中不乏一些耳熟能详的名字。于外人，它们不过是字体相异的一些汉字，是不同的人笔墨留痕；于当事人，一定是酒后微醺或激情满满时的真情流露，或者灵感勃发时的惊天佳作。内容或许是心灵所至的信手拈来，或许，是当事人的铭心刻骨。

人类高于其他物种的特征之一，是人既会语言，又会书写。语言会随着岁月的流逝而褪色，书写的记忆，则要比语言更加清晰隽永。因而，也更令人难以忘却。

中国漫画的矜持

时间过去多日，一想起首届国际动漫博览会上的所见所闻，思绪仍无法平静，不吐不快。因才疏学浅，知识甚少，文字和观点都难免有失偏颇，还请见谅。说心里话，去看博览会并不是我的初衷，应女儿的请求，找她喜欢的漫画作者签名，才有了去一睹博览会盛况的可能。

首届国际动漫博览会在北京蟹岛国际会展中心举办。美国、日本、法国、韩国等动漫强国首次组织50多家动漫出版社、近1000家动漫公司、200多部动漫电影及百部短片、3000多种动漫衍生品参展。大会还对优秀作品颁发了"中国学院奖"，是中国动画（动漫）史上的最高奖项和最高荣誉。

中国美术出版总公司展出的是上个世纪广为流行的小人书原作，都是名家的精品之作，每一件都堪称艺术佳作。作为读着小人书长大的一代，看到小人书的原作时，不能不热血沸腾，双脚站在展板前像生了根一样，立时就不想再挪动。前辈们极美极洗练的线条，无论彩色还是黑白，都美得无与伦比。我惊奇于自己能有幸看到如此精美的佳作。画画，多看是必需的，多看名家之作更是非常必要的。我满怀敬仰之情细品这些精品，沉溺于其间，流连忘返，一遍又一遍地看着、拍着，痴迷得不得了。

无意间，发现人们却在向某个方向走去，出于好奇，也跟了过去，很快就发现，这是一台集声、光、电、服饰、表演等于一体的展示，舞台背景上有"COSPLAY"这个单词。舞台前已水泄不通，台侧也围了许多人，以年轻人居多。台下的人们全神贯注，兴奋之情溢于言表。台上，一群俊男靓女身着各种根据动漫形象设计的精美服饰，从视觉到听觉都给人以极大的享受。我亦深深被吸引，没有看时间，不好确定看了多久。

之后，浏览了学院派的展览。没有忍住，还是拍了一些非常喜欢的照片。又被一个黑盒子吸引，观看了中央美院的视频。当时看的是视频的后半部分，不甘心就此离去，等它循环播放时再看一遍。同时观看的许多人都已站起身，毫不犹豫地离开。博览会场馆多，项目多，每一位观者为了更多看展，不得不马不停蹄，一匆忙，自然难免有疏漏，也是一憾。

中央美院是我心中神圣的艺术殿堂，围观高手的杰作，此等好机会，怎可轻易错过？全神贯注地、投入地又看了一遍，又是一个小时，多么想再看一遍啊！只是时间仓促，临近闭馆，不得不恋恋不舍地离开。

日韩漫画的观看，以及次日对欧洲参展作品和中国台湾漫画的参观品读，更是收获多多，一下子接触到如此多的优秀作品，让我一颗干渴的心灵饱受滋润。当时真是恨不能多生出几双眼睛来，最好能多长出几颗脑袋来，这样，就可以多接受一些东西，多吸收、多汲取。在观展的同时，脑袋里不免又生发出一些思考，比如：在如云的参观队伍中，在大半天的参观时间里，为什么没有在京熟识的老师或朋友？哪怕一位也没有。中国出版总公司精美的漫画原作，为什么参观者寥寥？中央美院那么多风格迥异的视觉和听觉作品集中展示，为什么观众往往只看完其中的某一个之后，就转身离开？为什么不能等制作人员字幕出完之后再稍稍等一会儿，只一小会儿，就会有更精彩的内容呈现出来，为什么？？与欧洲和日韩及中国台湾的漫画展览对比，我们的展览略有保守，就物展物，其他更吸引观者眼球的形式较少。相形之下，倒是一些动漫游戏公司的展示非常可取，一台又一台液晶显示器重复播放着一些短片。人们多匆匆路过，并不会有几个人去仔细欣赏，场地上也有座椅，有茶水。

动漫＝动画＋漫画，即动起来的漫画。中国漫画和中国动画百余年来的成绩还是颇丰的，从三毛到美猴王，从葫芦娃到……岁月渐逝，随着年轻和更年青一代的成长，日韩漫画大举进军中国，国内也有《中国动漫》《知音漫客》等，推出一些中国原创动漫新生代作者，只是，两者之间出现了一条不可逾越的鸿沟。传统精粹渐渐被遗失或遗忘，而欧洲漫画家的作品，中国台湾和日本展出的作品，重作品，更重作者。每个展位的作者照片、简介是必不可少的，除展出作品外，还有部分作品集，以及衍生产品等，更有设计、印制精美的海报招贴画，根据作品中人物形象制成的真人等大的纸板。

动漫公司展示的大都是游戏，也有动画作品、视频短片，但没有作者介绍和相关纸质说明。观众多不会驻足看完短片，常常瞥一眼就离开，一个又一个展区看过去，太多视觉和听觉的冲击力，人们很快就忘了。和动漫游戏公司的气派比起来，出版公司有两个极端，有的拉来许多漫画书籍，目的只是卖书；有的则只是展示一些原作，展示中除去前言部分，就是一幅幅装在画框里的原作，有的作者未有署名，只写着"佚名"，多数作者也只有署名，并无其他多几个字的个人介绍。因而，观众对那些精美作品的作者，只会有一个空泛的认识，作者的基本信息、性别、长相并不能知晓，更无任何衍生产品。展厅里只是很客气地放了几条长板凳，朴素、淳朴、冷冷的硬板凳，留不住观众匆匆的脚步。

这世界就是这样，吸引人眼球的东西乌泱泱的，转眼间人们就会被新的兴趣点所吸引，不够吸引人的，自然很快就被抛到脑后。

在有限的时间内，本意是地毯式地仔细看展，然而，在看展的过程中，脑海中总忍不住胡思乱想，思绪动辄跌宕起伏，心底有许多感慨。这些萌生出来的感慨又很快被其他展厅吸引。在很短的时间内，一下子吸收和感知许多东西，满脑子都是吸收、吸收、再吸收，头都快要炸了。不能让自己停下匆匆的脚步，耳畔也顺带听到一些关于展览的议论，不能说会有"别人的月亮比我们圆"的心态，但也不能说自己一定就没有这样的心态。虽然之前观看类似展览不算太多，没有多少看展经验，但在同一次展览上，吸引自己的作品和展厅还是可以看出来的，任何人和任何事，有做得好的，就必定会有做得差的，有做得极炫，观者如云的，观者寥寥的也不是没有。

《知音漫客》的动漫签售作者，青春靓丽的脸庞，很潮、很范、很文艺，加上杂志及有关方面的策划，动漫周边产品展示，不大的展厅里营造出十分热烈的氛围。长长的签售队伍，长达数小时的签售活动，让动漫迷过足了瘾，而观众甲或者观众乙，哪怕此前对这些关注度并不高，也会被现场的热烈气氛所感染，停下脚步，围观之。好奇之心，人皆有之。这既是一种宣传的形式，也是一种扩大影响力和造势的方式，作者、读者、观众互动，在签售的队伍中，除了年轻的脸庞外，还有一些较为成熟的作者，有不少小读者家长在帮孩子排队。签售场面和观看COSPLAY的热闹场面，每次想起，都绕不过去。

那天拿到签名后，我被丰富的展示内容所震撼。先是大体浏览了各场馆，更加喜欢的则重点观看，神情专注，流连忘返，徘徊良久。许是看到我认真的样子，许是看到都要闭馆了，我还在场馆中徜徉，一位工作人员走过来，问道："你是不是特喜欢这个展览？""是啊！是啊。"我笑了说，忍着饥肠辘辘。"明天还想来吗？""想啊，可是我明天已订好机票，要离开了。""什么时候的飞机？""下午。""那你上午也可以来啊！""再来还得再买票，好贵……"

第二天是去看了展览，一则蟹岛那次活动确实非常好，展厅大、内容多、品质高，但地方太远，第一天到达时有些迟了，第二天要赶飞机，又离开得早了，后来回想起来十分遗憾，再也没看过那么好的展览。

感念那位工作人员，他说，在展会上注意到我了，发现我看得很认真，想必十分热爱。又说，如果还想再看，他可以免费送我一张票。我愣在那里，不知所措。虽天气寒冷滴水成冰，但一股暖流从心头涌起，令我好生感动。

当天晚上收拾好东西，次日晨起，拖着拉杆箱直奔北京蟹岛国际会展中心。

异乡街头偶遇一只书虫

　　和新朋旧友的短暂见面很快结束，大家各自踏上归程，只我一人独自游荡在异乡的街头。

　　盛夏的凉风轻轻拂过脸颊，柔曼舒适，心里一阵悸动，我不由浮想联翩。漫无目的的眼神从街旁的店铺招牌一家家扫描而过，大多是数码喷绘而成，偶尔有一两家清楚地注明"汉餐"，显示这里与其他城市的不同。

　　身为女人，同样爱好逛街喜欢购物，尤其在心情不太好的时候。买完最后一件东西后，发现钱夹里只剩1元钱，不得不停止游逛返回宾馆。被大包小包簇拥着，心中充实和满足。拐过一个路口，看见人行道上围着一群人，近前一看，是一家书店在降价销售书籍——称斤卖。

　　称斤卖书？！还是头一次听说，这种新颖的售书方式立刻吸引了我。拎着大包小包好不容易挤进人群，蹲在书堆前，我被周围挑书的人们的热情深深感染，很快投入这股洪流。翻看着挑选着，面前开始叠放起一本又一本喜欢的书……终于站起身，将书放在秤上时，才恍然觉得好像已经没钱了，很不好意思地低声对一名店员说：只有一元钱，可以买一本吗？！他从中间挑出较薄的一本——秤上显示2.2元，一看定价15元。抱着最后一线希望在背包里搜寻，谢天谢地！竟然又找到一张一元的纸币，顿时觉得它好亲切啊！欣喜地用仅有的2元钱买了这本书。

　　带了钱，再次来到书摊前时，心情是愉悦的、快乐的。做喜欢的事，真的很开心。夜幕轻轻拉上，华灯渐次绽放，这一切丝毫没有惊扰我的痴迷。身旁的书一本本一套套在增多，有点不能控制自己，渐渐被一种兴奋的感觉所包围。待到挑书工作终于告一段落时，看着身旁一尺多高的书，自己都吓了一跳。天哪！这可怎么提得动呢？！上秤时，哪一本都不舍，咬咬牙——都买了吧！在书摊后面的书店里，一名店员认真用牛皮纸打包好，用力一提，还好！能提得动。就在他包书的过程中，又看到一套少年文学名著（插图注音版），女儿正上三年级，这套书不能不买给她！看到我的爱不释手，他又将刚刚剪断的绳子拆开，把这套名著放到上面，再次进行打包。正在这时，目光又停在了《中国当代名人语画书系》上，一文一画，翻看一本——喜欢，又翻看一本——不舍……当这些书被第三次包好后，店员问："你还要哪些？！""不要了！不要了！！"就在这时，游移的眼神停留在了"许茹芸"三个字上，《此时快乐的代价》。才女写的文字，怎能不读……

终于，本来很大的一块牛皮纸已经不能完全把这些书包住了，店员一次次询问可否还要买。我红了脸，连连摆手：再不买了！遂坐在一旁的椅子上准备放松一下，在视线平齐的书架上，又看到了张小娴的名字，知道自己完了！犹豫着跟店员说：可以——后悔——吗？"哈哈哈……"三名店员同时笑了起来。

只是这样一遍遍地麻烦他们很是有些歉疚。最后的最后……麦兜和麦唛只得躺在一个塑料袋里，同它们待在一起的，还有《成人非童话》《人生的盛宴——林语堂人生随笔集》和萧红的《小城三月》等。一次次地付款、找零、再付款、再找零……钱夹里总共出去了140元。其实并不算多，若按定价的话，这么多可爱的书怎么都不止数百元呢。一种满足感慢慢充溢我的心，这时，腕表的时针和分针同时指向了10，略有惆怅的心情一放松，方才觉得肚子有一些些抗议，饿了。中午1点钟吃进去的那碗搓面，早已消耗殆尽。得知他们三人也没吃晚饭时，心里一激动，便邀请他们一起共进晚餐——吃夜市烤肉。他们欣然应允，并答应最后送书到宾馆。

锁好书店的门，用自行车载了书，一行人来到距此不远的一个夜市。吃着美味的烤肉、烤鱼、水煮毛豆和花生，由书开始，聊起了大家喜欢的话题。这书店是他们自己的。他们是西北第二民族学院中文系毕业还不到一年的大学生，其中一人留校担任校办秘书，他的女朋友和同窗还没完全确定下来。刚毕业那年他们合开了这个小书店，书店经营得十分艰难。但创业的艰辛并没有摧垮刚走出象牙塔的天之骄子，他们对未来充满憧憬，经常会变着形式进行销售。他们和自己十余平方米的小书店，还被当地的几家新闻媒体报道过，在这座城市是有一定知名度的。

提起这些，他们的脸上都洋溢着一种灿烂的笑意。我自己也被他们这种不服输的精神和乐观的态度感动了，平日里极少喝酒的我，也开心地端起了啤酒杯。谈话中得知，其中一位的前任女友是《延安文学》一位副主编的女儿。心头一热：我也是延安人啊！大家的心立刻又觉得亲近了许多……

夜已深，街上的行人愈加稀少，夜市的喧嚣也趋于尾声，我却不想离开。多么希望时光在这里能够停住它匆匆的脚步，也被此情此景所打动。真是太开心了！虽然，我最初还对此行有一些些的怅惘和遗憾。

手机铃声铆足了劲才把我从香甜的睡梦中唤醒，我揉着惺忪的睡眼，对异乡偶遇一阵迷惑。可是，床头的地上却分明堆放着一捆书籍。我，于是茫然。

路过大摩纸的时代书店

嫚姐终于如愿以偿地把我"睡"了。

那一夜的床上，我们后来说到什么，说了些什么，已经记不清楚了，只记得满满的全是惊喜和欣喜，睡得十分香甜，甚至都没来得及做个什么梦。

和嫚姐相识于几年前的麦田社群，一起在麦田编辑部里做一些事，还曾在同一个小组里工作过。嫚姐是麦田社群元老级大咖，属于最早进麦田的那批麦友，也十分活跃。我是麦田社群发展到中间阶段时才进入的，默默地混了好几个群，深知麦田的水深，其间卧虎藏龙，亦不敢太多吱声，只顾悄悄学习，学习，学习。

两年前的夏天，参加了麦田社群一次线下大会，在贵州梵净山见了第一次面。之后，就再也没见过，平日里各自忙碌，彼此之间嘘寒问暖式的联系并不多。数月前的一天，嫚姐突然在微信上问我一些事，并把我介绍给郑州大摩纸的时代书店。几番联系，便有了在那里举办漫画展和新书签售会的可能。

《没有谁刀枪不入》是在中国工人出版社董总的关照和重视下出版的。每每提及此事，我都心存感念，感谢工人出版社为之而做的所有努力，感谢董总和习编辑。这本书在他们的努力下，2016 年 10 月第一次印刷后，受到一些关注。2017 年 8 月，在分享会之前刚刚第二次印刷。也可以说，这个分享会其实是书籍再版的分享会。

为了不给大家添太多麻烦，原计划周日一早从北京出发，中午到了后稍事歇息，下午活动结束后即刻返回。自己啥事不耽误，也不给朋友们增添不必要的麻烦。车票已经订好了，但嫚姐说有事相商，微信和电话说起来费劲，遂改签车票，提前一天到达。

相约在大摩纸的时代书店楼下那站的地铁出口见面，细心的嫚姐还发来了她当天的造型，那是很帅气的一身中性打扮，和见过的、她标志性的、很特别的刘海有些不同。我亦自拍照片，发与她。

还未走到出站口，站在出口外的嫚姐就已喊着我的名字，招手致意。

先去书店里瞅了一眼，跟工作人员打过招呼就离开了。

书店看上去很文艺，也很艺术，整体设计感很强，书籍很多但摆放有序。当时看书的人很多，书店里却很安静，人们都只是静静地翻阅、轻轻地走动，并没有多少嘈杂的声音。仔细去听，只有窸窸窣窣细碎的一些声音，那也是纸张和纸张碰撞发出的轻微的声响，夹杂一些轻轻的克制的咳嗽声。根本没人注意到我的出现，甚好，甚好。

书店离嫚姐家只有一站左右的距离。边走边聊地就到了她家，进得门去，先看到有个中学生模样长发的女孩子伏在桌上写着什么。"这是我的泰国女儿诺二。"嫚姐看到我的疑惑，解释道。哦！虽然她之前在微信上跟我说过，但还是觉得有那么一些意外。

女孩子很有礼貌地站起来打招呼："你好！"我对她会说中文表示讶异。嫚姐跟她用英语交流后，诺二又说了一句："一点点！"意思是说她只懂一点点中文，但她的中文发音很标准，不像欧美人那样曲里拐弯的音调。

嫚姐的儿子正上高中，他们学校有个高中部，有时会招收一些外国来的高中生，但国际部跟正常教学这部分是分开的。一次，嫚姐意外收到国际部误发的一个信息，国际部征集高中留学生的寄宿家庭。嫚姐立刻主动跟对方联系，表示她家愿意接收留学生寄宿。当然，这样的寄宿生不是谁家想接收就可以的，学校有一套严格的程序来审核申请的家庭是否具备他们希望的资格。过五关斩六将之后，嫚姐终于成为一名德国女孩的中国妈妈，嫚姐给那女孩起了个中国名字：诺一。因为她儿子的名字有一个字是"诺"。

去年的德国女孩叫诺一，今年的泰国女孩叫诺二，明年那位不知来自哪个国家的女孩，必定被称为诺三。是不是貌似很顺理成章，嘻嘻！

诺二出生于泰国的中产家庭，向往中国文化，经过一番努力来中国学习一年。来之前，她只懂不太多的中文，英语比中文稍好一些，但讲得并不流利。她跟嫚姐交流，两人目光对视，一边说着一些词汇，同时各自用手比画着，边听边看，连猜带蒙，只要彼此明白是什么意思就行。后来，见到嫚姐的朋友马姐，马姐很快对诺二产生了浓厚的兴趣，趁机把她闲置了多年的英语也拿出来遛。她们两人在途中，在饭桌旁，在后来转场之后的另一个地方，都"聊"

得很是火热。

马姐爱笑，人也热情，在等待上菜的时间里，还拿出包里的梳子给诺二梳刘海，很是贴心的样子。诺二也很配合，好像马姐也是她的中国妈妈一样。马姐还一遍又一遍地跟嫚姐说："等我儿子大些了，我也弄这样一个（寄宿生）。"态度认真又不厌其烦，每次这样说我们都忍不住要笑一次。

简单收拾后就一起外出吃饭。嫚姐还约了其他几位独立书店的经营者。晚饭在郑州金色港湾生态园酒店吃的，非常有特色，新做的豆腐、豆皮，时鲜的菜蔬、新蒸的菜包子全都是喜欢的吃食，还有她虽然解释几次但还是没记住名字的一种什么叶子，口味怪怪的，但确实很好吃。那是真的好吃，每一圈转到跟前都要夹几筷子，最后差不多把盘子里的绿叶子都吃光了。

晚饭后，我们转场，到位于中原区华山路 121 号三磨所南院的青立文化工作室去，那里曾是一个老厂子。

那个院落从外面看不出什么特别，但是进到院子里则是另一番景致。

一个大的车间里灯火通明，发出各种声响；院子里停放着各种车辆，虽光线昏暗，看不清楚到底都是些什么车，但凭感觉应该都还是不错的。再往里走，院子里是不高的几幢小楼，估计应该是当年那个老厂管理人员的办公场所。院子里有一些树，高高低低的，形状也不一而足。还有花花草草和绿篱。

走在后面，突然看到绿树花丛间卧着一只猫，很安静的样子，但是身体却比普通猫大很多。心里一惊，不敢吭气。又往前走，突然看到在一楼的窗口外面站着一个人，也是很安静的样子，同样很壮硕。再往前走，发现他穿着一身短衣服，不觉叫出了声。嫚姐笑道："那是雕塑。"汗，狂汗。

这么说，这里是一片艺术区了？！就在夜色中闲闲地四处打量，这一看不打紧，看到就在我们面前的门厅顶上坐着一个人，他的腿从台子上自然地垂下来，一个搭着一个，很是自然。我们距离他的腿脚，不过只有几尺远。

又是一声尖叫。嫚姐去大门外接另外几个人，我们和马姐站在原地等候，诺二戴着近视眼镜，由于听不懂我们说的话，倒也没什么太大反应。不行！我必须稀释自己的恐慌。遂戳了她一下，示意她看一眼窗台前站立的那个短衣打扮的人，再把头顶附近坐着的那个人指给她看，诺二的表现竟比我更甚。我们俩的惊吓声，一声接一声，估计马姐快疯了。

楼上的工作室艺术氛围很浓厚，书架上摆放着不少专业书籍和大型画册期刊，窗台上、桌子上随处都是各种造型新颖的雕塑作品，材质不尽相同。楼道的外墙上有好几张展览海报，楼道的窗户，竟还是上个世纪的墨绿色铁框镶嵌玻璃的那种，有一种错位的时代的沧桑感，却也跟整栋楼的风格毫无违和；同时更加衬托出那些现代的、前卫的艺术品，拉开了时间上的纵深感。

回到嫚姐家已是深夜，简单洗漱后就上床。刚开始，嫚姐说的话还大概记得一些，跟她哼哼哈哈地应和着，后来不知什么时候，就实在撑不住了。

勇气这块敲门砖

经历是一个人的财富，而经验，来源于经历。

勇气，勇气是什么呢？

勇气，是梁静茹喃喃哼唱的一首歌，多年前就已红遍大江南北。

勇气，是埃里克斯·肯德里克执导的一部美国大片，获观者如潮好评。

勇气，是诗歌，是散文，是小说，也可以是任何它想成为的东西。而我现在要说的，只是勇气本身。

在这个暑气逼人的盛夏，不陷入回忆都不行，只因从毕业至今，美丽的人生已经过去了二十年。二十年呐！虽然一天天地走过时，有斑斓的色彩，有密布的阴云，有不大的风雨，但更多的，则是平淡无奇。站在二十年后的节点上遥遥地回眸，一只无形的手从岁月的远处伸过来，一把就将我拉了回去。来不及反应，就已经跌进了二十年前的岁月。

二十年前的这个季节，同样面临毕业。只是彼时的毕业和此时高考学子的毕业有质的不同，即将走出西安电力学校的我，早已知道自己的未来——一家电力企业；也大体知道自己未来的工作岗位——锅炉或汽机零米值班员。如果人生旅途没什么意外发生，退休前的工作岗位应该不会有太大变化。

一份稳定的职业，一个看上去好像很美好的将来，我，却高兴不起来。

毕业前夕，突然想做点什么。虽然看似未来已经成型，但是还想努力一下，看看会是怎样的结果，以此来祭奠即将逝去的校园生活，并向已经铺到脚下的未来之路致敬。于是，一个又一个夏夜，在舍友们休息后，我轻轻溜出宿舍，借着楼道的灯光，在楼梯口一遍遍练习独舞，汗水顺着脸颊悄然滑落。舞蹈名曰《雀之灵》。虽然没有杨丽萍那样的舞蹈天赋和科班经历，但并不妨碍我倾情付出一个 18 岁女孩的满腔热忱。

毕业晚会上，戴着自己设计制作的头饰，穿着自己改制的墨绿色扎染水洗布长裙，在古典吉他的伴奏下袅袅婷婷地出现在舞台上时，同学们多少还是有些诧异的。平日里那样沉默内向的一个人，怎么会有这般勇气，在全校数千名师生的众目睽睽之下，表演独舞？

是的，是勇气。是勇气让我给自己四年的电校生涯轻轻画上了一个句号。

小镇电厂的日子是平静的。是勇气，让我竭力去做一些之前从未做过的事情，一次又一次地，渐渐引起了一些人的注意。汽机运行三班零米值班员，这是我人生的第一个工作岗位，却仅限于纸上谈兵，一天都没去那里历练过。

不得不承认，我一直都不是一个自信的人。每当一个机会摆在面前时，都会不可避免地犹豫、徘徊，这时，勇气总会不期而至，在耳畔悄悄告诉我说：去吧，去试试吧！你只有去试一试，才会知道结果是怎样的。

"小马过河"的故事世人皆知。站在河边的小马无论犹豫多久，只要它没有足够的勇气迈开步子，把健康有力的腿脚伸进河里试一试，永远也不会知道，河水既没有大水牛兄弟说的那么浅，也没有松鼠小弟说的那么深。

前行的路上总是鲜花丛里混杂着荆棘，怎么都避不开。但谁又会猜得到，荆棘的后面，竟然还会藏着意外的惊喜。

走过一程又一程，生命的长度在增加，生命的广度，也在发生变化。

勇气给我带来广阔的天空，也带来愈加丰富饱满的人生，但并不是每一个勇气实施的结果都是令人喜悦的。这又何妨呢？我会告诉自己，即便这样，不是也要比"值班员"这样的岗位好很多吗？自己不喜欢，并不说明它就有多么不好，也许自己现在心心念念喜欢得不得了的东西，在别人眼中连半文都不值呢。

每次听到大美女梁静茹优柔地唱到"爱真的需要勇气"时，我都在心底软软地告诉自己，爱，是需要勇气，但不仅仅只有爱才需要勇气。当众多富有经验的老工匠们都在围观那块宝石而不敢出手时，勇敢站出来的年轻工匠，同样也需要勇气。是勇气，让他敢于去实施切割；是勇气背后的经验，助他实现了完美的切割。一样，都不能少。

那些年曾学过的英语

周末，被女儿课外英语辅导班的老师电话相邀开"家校会议"。到得稍微早了点儿，但又实在不想在那样的会上被白白地耗去太多时间，遂问那位忙碌的老师：会议的核心内容可否提前告知一下，如果可以的话，不全程参加可以不？

不全程参加既不说明对娃不重视，也不说明对学校有什么意见，实在是还有一些其他事。长相清秀的女老师一边忙着手头的事，一边扭头对我说，主要就是联系、沟通，建立一个互动交流的平台。但还是希望能全程参加，因为适逢感恩节，还要在会上搞一个小型互动活动。

得！就冲着这个小活动，也得让自己尽量多留一会儿。

老师们精心制作的 PPT 还没有正常播放出来之前，一位老师就已经急切地戴上耳麦讲话。挂在腰间的小音箱，让人忍不住想起导游的行头和她们的工作性质。只是她一开口，不幸就知道了她的目的。

这个所谓的"家校会议"，核心内容就是苦口婆心地告诉大家，虽然据传高考英语分值要减少，但未来社会是多元的，在这种多元化社会难免会遇到英语，而英语又不是一项在需要的时候立刻就可以学会的技能，不是技术活。要学会、学好、学通英语，需要一个漫长的过程。

当老师声情并茂地回忆她当年学英语的过程时，我也不小心回想了一下自己的当年，那些学英语时的开心事。

上初中时，有一学期我们班从延安大学来了两位英语实习老师，一男、一女。男老师长得憨厚敦实，课堂内容外，总是喜欢讲一些陕北小县城的孩子不知道的人和事，稀罕又稀奇；女老师长了个小瓜子脸，白白嫩嫩的，像芭比娃娃一样。她上课时不但男生神情专注，女生们也全神贯注精力集中。最让人想不到的是，看上去文文弱弱的她，竟然是她们学校女子足球队的后卫。我对足球的关注本来不多，但却因女实习老师的这个爱好一度对足球颇有兴致。

两位实习老师喜欢开放式教育。当然，这也是多年后才知道的说法。在那个作业还不算太多的年代，即便每天也上晚自习，时间也不十分紧张。有时，老师们在辅导完作业，讲一些课外知识后，会兴致勃勃地教唱流行歌曲。这让之前一直只知道闷头学习的可怜的我们欢乐得不得了。《粉红色的回忆》就是女老师教的，优美的旋律，欢快的节奏，一下子就喜欢上了，也唱得格外起劲。时至今日，偶尔 K 歌时也会毫不犹豫地高歌一曲。

一直不能忘记的，还有初中生涯唯一的一次郊游，就是两位亲爱的老师带领我们去的。那次郊游绝大多数同学都去了。男老师还带了一个照相机，给大家拍照留念。我们到指定地点集合后，骑自行车一起前往目的地。同学们各自带了馍片、饼干和水、饮料等。那次郊游前，恰好爸爸出差回来给我买了一件深红色蝙蝠衫，当天，搭配了一条浅绿色的直筒裤，微喇。只是照片是黑白的，上衣和裤子看上去都是黑灰色的，虽然黑灰的程度有所不同。

就因为两位老师新颖的教学方式，大家对英语的热情直线飙升。当然，他们的目的还是教学，并不是只带大家玩和放松。晚自习有时会突袭一下，让大家默写英语书中的某些段落。为了能引起老师的注意，我偷偷把那学期学过的课文全都背会，新学的课文也都努力在第一时间背会。很快，英语水平就"嗖、嗖、嗖"地往前蹿，直到稳居第一。自然被老师们特别关注。每节课上，都会听到老师点名，让我站起来背诵课文或回答问题，那是一段多么令人开心的日子啊！

中学时的许多事情都被岁月的尘埃渐渐掩埋，唯独两位英语实习老师代课的那几个月，每次回忆起来都会立刻浮现眼前，久久不愿忘记。

当时间慢慢走到今天，除了怀念和眷恋，对他（她）们还多了一份深深的内疚。因为几天前的周末，和侄女联系时，她说自己的手机汉字输入法没了，夜深人静又不便在宿舍里大声说话，只能短信输英文。我没掂量自己残存的英语能力就毫不犹豫地回复：无妨！当她发来一些按不同次序排列组合的英文字母时，突然觉得它们熟悉又陌生，除了几个副词介词还算眼熟外，竟不能确切知道她到底要表达什么。不得不一次次紧急求助正在题海里浮沉的女儿："求求你，帮帮我嘛，人家实在不明白这些该死的英文是啥意思。"

"你不是说，你是你们班的英语一霸嘛？！"

对呀！嘴上还不服输："可那不是当年嘛。人家好汉都不提当年勇，何况咱是好女啊！不提了，不提了。"

我不是"花木二二女"

早春时分，好友鱼从外地打来电话说，她从网上给我邮购了些多肉植物。植物、栽种的泥土和花盆是从不同的地方邮购来的，让我留意。

多肉植物？啊！好期待哦。可是，不太会养花弄草啊！电话中，把自己的顾虑告诉鱼。"没关系啦！很好养的，你上网搜'花木二二男'，他的博客里有很详尽的描写，告诉大家多肉植物怎样栽种、怎样浇水，你可以看看，学习学习，看能不能把自己打造成个'花木二二女'。""好嘞！"

还没来得及期待，快递小哥就已陆续送来了大大小小几个纸箱子，怀着忐忑不安的心情——拆开，拆开一个就有一阵惊喜，打开较大的箱子，一团团白色的棉花状物质。透过空隙，隐约可以看到包裹着的绿色植物。太可爱了！我和女儿一阵惊呼，欢喜得不得了。小心翼翼地解开来，呈现在眼前的是大约三四公分高的一些多肉植物，每一株都绿得透亮、水嫩，叶片和叶子也各有不同，让人真是爱不释手。

满心欢喜地把适量的泥土装进花盆，挑选适当的多肉植物极其小心翼翼地栽进去。看着一株又一株"肉肉"们入盆、列队，激奋的心情简直无法用准确的语言和文字形容，但如果非要拿什么来形容的话——像是打了鸡血一样吧！

次日晨，一睁开眼就赶紧到阳台上去看它们，按捺不住激动的心情，忍不住又用手去轻轻触碰它们绿得饱满的肉乎乎的叶子，像是襁褓中的婴孩一样，让人心生疼爱。它们的根须经过一夜和湿土的接触，已经吸了一些水分，绿得耀眼的叶片比刚打开包裹时硬了一些，这让人无比欣喜。

之后的日子里，经常抽空登录"花木二二男"的博客，并按照鱼一再叮嘱的浇水次数和浇水量进行培育。眼看着它们一天天地适应环境，开始生命的又一段旅程，浅浅地泛起一层新绿，悄悄地冒出一个个嫩芽。枝干上每多出一个凸起的绿芽，都会激动好一阵子，为又一个小生命的诞生而欢欣鼓舞。

其实不只是每天晨起时关注它，晚上休息前向它们道"晚安"，每天下班回家后的第一件事也是关注它们，甚至看书画画时累了，或者吃饭期间都会端着碗，俯身热切地、满眼含情地望着它们：个头又长高了，叶子也大了一些呢！常常忍不住会用手去轻轻触摸它肉肉嫩嫩的、碧绿或嫩绿的叶子，有时难免会留下一些触摸的痕迹。为此，我和女儿约法三章，互相监督：只许看，不许摸！每次围观时，只能双手背后，远观，绝不可以亵玩也。

当然，我和女儿对肉肉们的热情程度，远远超出了她爸爸的心理承受能力，惹来宅男幽怨的眼神和愤愤然的牢骚若干，在此不再细表。

春尽夏至，肉肉们生长得蓬蓬勃勃，有的甚至从根部生长了好几枝。待它们长到两三公分高时，小心翼翼地将它们从母体旁弄下，分栽开来。

时光流逝，天气越来越热，一株又一株新生的肉肉们被分栽出来，花盆越发显得拥挤不堪。甚至考虑要不要再买几个小花盆，以减轻它们拥挤的程度，但在宅男犀利的眼神以及不忿的言语逼迫下，只得作罢。

夏天的一个午后，又一次伏在花盆边上傻傻地望着肉肉，突然，意外发现花盆里有很小的几只白色虫子出现。这还了得！！虽数量极少，看样子也形不成什么气候，但已让人心生恐慌，赶紧火速联系鱼。她遥遥地指导：去花卉市场买一些杀虫剂，喷上就好了。腿一懒，从楼下小超市买了筒灭蚊剂，回家后把所有花花草草全部集中到阳台上，捏住鼻子就是一番乱喷。到了晚上，发现一些被喷药的肉肉似有些骇人的变化，原来精神头儿挺足的肉肉们，竟然每个花盆里都掉了一层叶子。

天哪！这可怎么办呢？本来是为它们好的，谁知却因为自己的疏懒害了它们，这叫人情何以堪！简直恨不能当场抽自己几巴掌泄愤，只是犹豫再三又下不了手。

一夜过后，一些肉肉的叶子已经开始发黑、变蔫，更多的叶片则是无力地跌坐在花盆里，像是吃了败仗的军队，横七竖八地倒在战壕中一样，惨不忍睹。

也是天不绝人。怀着悲恸的心情把花盆里的残枝败叶捡拾到盆外，发现疏疏落落地还有几片叶子顽强地坚守枝头，那些之前新生长被移栽后没多久的稚嫩枝苗，无一幸免，都死翘翘了。

不能让自己一直处于悲恸中，只能满怀希望，必须满怀希望，并且更加努力地对待其他依然顽强活着的肉肉们。

一切都会好起来的，一切正在好起来，不是吗？！

在我的精心呵护和女儿的胡乱掺和下，数月后，原本凋敝的花盆里又开始呈现蓬勃之势。

后来，一个机会，还应邀以"宅女养肉记"为题，给500多人分享了养多肉的喜乐。

一次鱼到长安城里出差时顺便来我家，一进门，鞋都没换就急切地去阳台上围观亲爱的肉肉们。看到她欢喜的样子，我故作大方地说："这样吧，你喜欢哪盆，带走，咱'过继'给你！"

鱼翻我一个白眼，说："才不要啦！我要回去好好养我家的肉肉，亲生的'娃'多好，我才不要抱养你的呢！"

"哇哈哈哈！你不要，切！咱还舍不得送呢。"

"就知道猫猫是个小气的家伙。"

"OK！咱从了还不行嘛，小气又不犯罪。是不是？"

曾经的六个广播员

从此文的标题看，似乎与《六个梦》略有相近。实则全然不同，没有夹杂一丝半点风花雪月的成分。既不凄美哀怨，也不缠绵悱恻。

这里叙说的是六个广播员的小故事。

这里记录的是六个女孩的人生片段。

她们的年龄和学历以及人生经历有相似之处，但也各有差异。有不一样的人生追求和向往，却都曾在企业"广播员"这个位置上工作过或长或短的一段时间。广播员的本职工作其实很简单。上班前播放半个小时音乐，中午下班、下午上班和下午下班后也要播放一段时间音乐。播放的内容可以是流行音乐、经典名曲、通俗歌曲，可以是转播的广播节目，也可以自己做节目或者播报本企业的新闻。要把这样看似简单的工作做到足够好，还是需要费一些心思的，也充满许多乐趣。

第一个女孩的芳名并不知晓，也不甚了解其个人信息，约略从周围人口中听到只言片语。此女孩的影像便很模糊，模糊到甚至可以忽略不计。唯一知道的是：她嫌工资偏低，希望加薪，以辞职相要挟。谁知单位并未让步。于是，她真就辞了。

接替工作的是我。从部门负责人手里接过钥匙，打开广播室的门时，已找不到关于她的任何痕迹。关于我的过去和现在，熟悉的人便熟悉，不熟悉的人只需知道我的第一份工作是广播员就够了。

既然是单位，便难免有各种复杂的裙带关系。在我之后成为广播员的这位，就是某位干部七拐八拐亲戚的未婚妻。她来自省城，温柔娴静，气质颇佳。一看就是那种上得厅堂又下得厨房的女人。并不过多说话，却给人感觉很亲切随和，偶尔一笑还有两个很好看的小酒窝。同事们都很喜欢她，是真喜欢，并没有其他原因。

为了能经常和男朋友在一起，她从西北经济和文化的中心城市来到陕北偏僻落后的小镇电厂。有人起初也曾对她此举不解，甚至遗憾。只是看到下班后她挽着男友一起外出散步时幸福甜蜜的样子，渐渐地不再说什么。

婚后的她很快怀孕，身躯日渐臃肿，由一个眼神纯净的都市女孩很快成了一个小妇人。白皙的脸上似乎也有淡淡的蝴蝶斑若隐若现。产期临近时，就离开了。后来，再也没有见过。

一个戴着近视眼镜的女大学生走进了广播室的门。

她有一头乌黑亮丽的长发，总是用发带松松地束在脑后，光洁的额头。文静，好学。虽已踏出校门，却依旧散发着浓浓的书卷气，像是还沉浸在象牙塔里的清纯学子。每次在楼道遇见，无论她手上拿着什么，都让人觉得是书。让人总是兀自在脑海里勾勒她捧着书本漫步校园的画面，一遍又一遍。她的脸生得四平八稳，是中国传统的那种天庭饱满下颌圆润。五官倒也端正。我却更喜欢她的背影，喜欢远观她的静和她的美。

她很敬业，写得一手极漂亮的排笔字，颇受部门负责人赏识。

可又能怎样呢？！她的优秀只给她带来一声叹息。最终她还是被另一个女孩顶替掉了。走的时候，悄无声息，不曾和任何人告别。只留下了钥匙。

那个留一头微曲的短发，快言快语的广播员，上班没多久，楼上楼下的人们几乎都知道了她的名字。总是人还未到，声音就先她一步来了。灿烂的笑脸，爽朗的笑声，总是一副超级快乐的样子。她也很快就和大家都熟识了，起码表面看起来如是。

她把广播室一不小心就折腾成自己的闺房，或者厨房。迟起的她每每在上班期间烹饪，饭菜的香味一次次招致负责人的指责，一些没心没肺的言语也让同事们略觉难堪，有时过于亲昵的举动也会让周围人颇感不适。而且，除了完成广播员的岗位职责外，她并不愿做各路人马布置的其他任务。有人渐渐不乐意了。

终于，她还是离开了。

谁也不曾预料到，下一位广播员的某些方面，与前面那位短发美女相比，有过之而无不及。俐齿伶牙，聪慧异常，但这聪慧的头脑却时不时地冒出一些馊主意，总是给大家忙碌又紧张的工作添乱，当然也添了不少笑料。她干工作的速度极快，质量往往也极差。总是部门负责人批评的对象，经常被当作一些小型会议上的"反面教材"，她却也从不争辩，不发牢骚，任由领导批评。

此女的运气尚可。担任广播员没多久，单位就将广播系统进行了更新换代。曾经的放大机和大唱片挥泪彻底退出了历史舞台，双卡录放机也歇菜了。新系统先进的功能不再需要人工播放音乐，广播节目提前录制好，只需设定播放时间即可，更不需要起早贪黑地辛苦。

不知道"广播员"这段经历给其他女孩子的人生究竟带来了怎样的影响，我自己却是今生都不能忘记，也不应该忘记的。因为它给我提供了一个平台，给了我许多机会，帮我打开了人生的另一扇窗，让我的人生从此踏上了意想不到的未来。

他将苦难写在脸上

近一个月来,几乎席卷整个文艺界,甚至在普通民众中也引起一定震动的,关于著名作家陈忠实先生病逝的消息,已渐渐趋于平复,或者说暂时告一段落。实则一直没有真正停止过,只是一些声势浩大的缅怀活动和感性的悲痛没有那么密集了,纸媒、数字媒体和自媒体铺天盖地的都是,但各种形式的追思会、怀念性质的诗歌朗诵会等,依旧在不同的地方持续展开。

得知先生病逝的消息,心里也不是滋味,本打算立刻写些东西,以表自己的悲伤之情,实因那段时间无论电话还是短信,无论博客、微博还是微信,几乎所有看到的、听到的、谈论的、书写的全都是此话题,被各种人物的悲伤情绪轮番轰炸,虽几次欲动笔却一直没能酣畅淋漓地直抒胸臆。直到被一件什么事情牵动了某根神经,突然就深受触动,一时心境难平,以至于虽身处会场,却立刻在笔记本上一笔一画地写下这些文字,以表对先生之怀念。

与先生同处一城,又同样都做些跟文字有关的事,自然难免会有些交集和交流,且不止一次。在一家书城参加过先生和作家叶广芩的读者见面会,聆听先生关于文学的真知灼见;和朋友一起去先生的书房,亲见他把与他一样清瘦的毛笔字书写在一张张宣纸上;在一个活动中同桌吃饭,以文学晚辈的身份诚恳地请先生赐教……在此,并不想絮絮叨叨陈述其实跟许多人大同小异,或相似度极高的一些过往。先生人之已去,每个人都一遍遍地絮叨这些细碎的往事,既有意义,又无多大意义。

那么,在怀念先生时,到底该怀念什么?

是怀念先生曾经的那些关心、关怀、关照呢?还是从一位享誉文坛的著名作家身上发现的那些在当今社会越来越少、难能可贵的优秀品质?

我以为,更应该是后者。

如此,才可以走出单纯意义上的悲情,拭去眼角的泪,各自拿起手中的笔,去书写更多更好的文学作品,这才足以告慰先生的在天之灵。

纵观各种怀念文字，一种是从"我"出发，什么时间、什么地点、什么场合见到先生，当时还有某人在场，先生说了些什么话，又是怎样的音容笑貌，"我"听了之后，又是怎样地触动灵魂或感激涕零，以及之后交往的种种：先生给"我"的作品写序、题书名、写评论，指导"我"的创作，题赠什么字或送其书法作品……"我"和先生是一起成长起来的老伙计、老文友，一起从小树苗长成参天或尚未参天的大树；"我"和先生是因为身份或职务结缘；"我"和先生是忘年交……总之，今闻先生病逝之噩耗，心恸，心痛，伤心欲绝。先生这样好的一个人，怎可就这样离我们而去云云。

大多数怀念文字都是真心的真诚的，但也有些怀念文字，看得出作者的心情更为复杂，除了忧伤或许还有别的什么情绪。也有人忙里偷闲对别人的怀念文字进行解剖分析和自认为正确的解读，试图进一步挖掘出那些文字背后潜藏的隐情，更有部分看客唯恐天下不乱似的跟着瞎起哄。不一而足，众声喧哗。

其中亦不乏一些感性打底，又有理性思考的佳作。这样的文字，往往看过一遍还要再看。那些文字如同一缕宜人的春风，让读者赏心悦目又悦心。还有一些夹叙夹议的文字。其实不论何种文体，文字的内核大多难逃"我"，总是从"我"出发。

直到有一天，在一个场合，大家又提起先生病逝之恸时，一位长者脱口而出"忠实走了、忠实永存"，那一刻，才恍然顿悟，是啊！先生虽已经离我们而去，但他忠实的品德却永远活在人们心中。

还记得先生曾说过："好饭耐不得三顿吃，好衣架不住半月穿，好书却经得住一辈子读。"又说："文学是魔鬼，是个美丽神圣的魔鬼；文学只是人群中千奇百怪的个人兴趣中的一种。"

回顾那些铺天盖地的怀念文字，多是书写先生的真实、真诚和真性情，这也是几乎所有与他有过交集的人最为深刻的集体记忆。无论社会风云如何变幻，无论文坛的浮沉如何更替，先生一直都是本真的。真实做人，真诚写作，真心对待他周围的人、向他请教的人。先生的真，如同他那张沟壑纵横、兵马俑一样的脸庞，让人过目难忘，任由岁月流逝，却并不曾有任何变化。

正是先生的真，感动了所有人！

在出书并不很困难的当下，一个人断断续续地写上几年，积累一些文字，大都会出版一两本作品集，请名家题写书名或作序，也便成为不那么时髦的一件时髦事。作为先生那样早已名冠文坛的著名作家，其实大可不必对每一位向他请教或请求的人都真心实意地掏心掏肺，有的应付一下即可。

可是，先生没有！

先生几乎有求必应。至于润笔费，可有，可少，亦可无，多以对后生晚辈的提携为主。这或许会让一些分毫必究的作家不解或不忿，但却赢得了好口碑。

《白鹿原》一书的厚重和它的意义，有许多这方面的文字可作参考，在此不再赘述。这部作品告诉后人，忠实是做人的必须，忠实之人，必定是天地之间有铮铮铁骨的汉子。忠实是做人之本，忠实是做事之基，忠实是立党、立民、立国之源，在一些著名作家和文化名人的怀念文字中，不乏对先生秉性的赞誉之词。任何时候闭目过滤那一大波一大波洒满泪水、或长或短的怀念文字，其中也多是对先生做人、品德的褒奖。

那些天，在陕西省作协大门外的街道上，在声声哀乐的低回中，除了许多作家和文学爱好者，还有一些看上去衣着普通、手提布包的年迈的人们，围在一起谈论先生的生前旧事；三三两两背着书包的学生或结伴或跟随家长老师，怀着一颗尊崇之心步入作协院落；作协附近那家看到商机的书店门口摆放着的新版《白鹿原》，被一本、两本、三本、五本……买走。这些，都足以说明，先生的病逝不但牵动着文艺界人们的心，同样牵动了无数普通老百姓的心。以至于人们放下手头正在做的或忙或闲的各种事情，从四面八方涌到他曾工作过的陕西作协，去送先生一程。哀乐阵阵，哀思绵绵，先生若在天有知，也该欣慰了。

《白鹿原》未必是一部无任何瑕疵之作，但它必定会在历经岁月淘洗之后，留存于世，成为经典。先生也不一定就是完人，但他的病逝勾起了许多跟文字有关和无关的人们集体的悲恸之情，在这个春夏之交的华夏大地上持续了相当长的一段时间。在这个缺啥都不缺名人的现实社会里引起群情悲伤，铁的事实已经说明，无论做人还是作文，先生都是忠实的。

今后，无论做人还是作文，你我都应该时时扪心自问：我，忠实了吗？

和路遥成为乡党是一件幸事

中国从来都不是一个缺乏作家的国度，唯独每次听到路遥的名字，或是他的《人生》《平凡的世界》，甚至书中某一个人物的名字，都会忍不住心里一动，随之涌起一股暖流，顿时有热血沸腾的冲动。虽然和路遥从未谋面。

路遥是我亲爱的同乡。

他在构思创作《平凡的世界》时，我还是个不谙世事的孩童，正在陕北黄土高原上父母的护佑下无忧无虑地生活着，还不知道未来的苦甜。我在省城西安求学临毕业那年，路遥因病辞世。偏理科的我虽然课余时间也常常泡图书馆，但那时对他和他的作品还知之甚少，电影《人生》倒是看过，但更多记住的是男女主人公让人心酸又心碎的悲戚命运。

路遥病逝后，远在南方一座城市读大学的哥哥写信给我，让我帮他买《平凡的世界》，说他们那里已经买不到了。那个周末，专门赶到钟楼书店，营业员告诉我说，她们这里的书也卖得不全了，只剩两本。犹豫了一下还是买了。那是《平凡的世界》三部中的两部，虽然不全，也只能这样。我先睹为快，匆匆浏览后给哥哥寄去，那时才第一次知道孙少平、孙少安、田晓霞和润生、润叶这些可爱可亲的人物。

毕业后被分配到延安的小镇电厂，一晃就是七年。期间，结婚生子，完成世俗人眼中一个平凡普通的女子应该完成的人生程序。夫家是延川人，从某种程度上又和路遥的距离拉近了些。每年不多的几次回乡探亲和走亲访友，都让路遥和他书中的人物在心中一次次翻腾、翻腾、翻腾。

七年后，继续北上，又在榆林工作了七年。

外人大都知道路遥是陕北人，但陕北当地人却往往不这样认为。榆林人认为路遥出生于榆林清涧县，就应该是榆林人；延安人则认为他虽然出生于榆林清涧，但却早早就被过继给了延安延川县的叔父家，而且他上学和工作、成家等一直都在延川，是延川培养和养育了他，才会有他后来的成绩和成就，那么他理所应当就是延川人。

孰是孰非，其实并不重要。要说的是，接触过的每一位榆林文化人提起路遥时，那份沉甸甸的情感都是其他任何国籍、任何成就的作家根本无法比拟的真挚和炽烈。一次又一次，我的情绪和情感自然不会不受到影响。路遥人到中年的弟弟，同样因肝病入院，治疗费用紧张时，大家虽然也不富裕但却竭尽全力倾囊相助，并四处呼吁筹款，最终帮其渡过难关。

陕北的土地是贫瘠的。在完全靠天吃饭的情况下，这样的土地上打下的粮食只能勉强解决温饱。那么，对于这块土地的儿女们来说，如果不愿像父辈爷爷辈那样，面朝黄土背朝天地熬日月，只能拼命学习，努力通过读书来改变自身命运，别无他法。

虽然不读书是万万不行的，但读书也不是万能的。知识可以改变命运，但怎么个改变法却因人而异、因时而异。孙少平和孙少安都读过书，最终还不是都不得不回到土地上折腾，或是外出打工凭苦力吃饭。

又是一个七年后，还是因为工作的需要，转而南下，抵达省城西安，及至安家落户。后来，又有了其他人生经历。

理论上，根本无须浪费任何笔墨在自己的经历上叙述，因为真正要评说的是路遥和他的《平凡的世界》，而非自己。但却要在这里满腔热忱地说一句：孙少平和孙少安，既是作家路遥虚构的艺术形象，同时也是真实存在的、鲜活生动的。因为千千万万个生于陕北、长于陕北，却又不甘心一辈子都在陕北打转转的众多的孙少平和孙少安们，会努力与命运奋争，直至人生一点点、一点点地发生变化，及至于最终挣脱陕北土地的羁绊，挣脱山山峁峁的阻挡，挣脱"三十亩地一头牛、老婆娃娃热炕头"传统思想观念的束缚，走出农村，走向城市；走出陕北，走向更加广阔的天地。在某个领域站住脚、站稳脚，更有甚者，成为某个领域的佼佼者或是出类拔萃的公众人物，成为父母家人的骄傲，成为陕北人的骄傲，成为陕北的骄傲！

并不赞成"学而优则仕"这个观点，不同意"人一定要功成名就才不枉在这世上走一遭"的说法，只是说人既然生而为人，就要有目标、有追求、有志向，这个志向可大可小，但一定要有！而路遥的《平凡的世界》，既是一部书，白纸黑字地印出来，但又不仅仅只是一本书。它是路遥用几十年的心血和汗水倾心浇灌的一株山丹丹花，是路遥站在黄土高坡空阔之地用拦羊嗓子嘶吼出来的信天游，是路遥站在或土或石或砖建造的陕北窑洞脑畔上，向他亲爱的老乡们发出的最后呐喊，是路遥在陕北大地上叮叮当当了一生，拿命镌刻的永远不朽的丰碑！

陕北大地是古朴沧桑的，同时也是平凡普通的。正是这平凡，才孕育了不平凡。

《平凡的世界》中的人物命运，没有一个不是发生过或正在发生着这样或那样的变化，而现实世界里的人物，同样个个都会有不同的命运曲线，即便路遥自己也是几起几落坎坷不已。终于买到全套《平凡的世界》，我便如饥似渴地一遍遍阅读，以至于后来成为枕边书时，曾不止一次为书中人物的命运揪心扯肺地偷偷饮泣甚至失声痛哭，并没来由地把自己的现实人生使劲和书中的人物扯上一些关系。

比如，一度因为上学离家较远，也曾像孙少平一样住校，上灶吃过咸菜就馍；比如，孙少平心爱的女孩田晓霞，和我一样都是记者职业，她在生命如花的季节就不幸凋零，而我却还健康地活着；比如，倔强的我，也曾像孙少平一样拒绝过一些人善意的帮助……虽然那些苦不堪言的日子并不算长，虽然它们早已离我远去，本应积上岁月厚厚的尘埃，但每次回想起来，都会觉得它们似乎从来不曾走远。因而，才会倍加珍惜现实中得到的一切——机会和机遇、好人和恩人、磨炼和磨砺，并努力前行，前行，一步步去完成孙少平梦寐以求的人生路，以期给我亲爱的同乡路遥短暂的人生以慰藉。

山丹丹花开

悲剧，总是把最美好的东西撕碎了，毁灭给人看。而经典文学作品，大都是悲剧的、悲情的，广为人们所知的《活着》《人生》《雷雨》《红楼梦》《百年孤独》《呼啸山庄》《平凡的世界》等，莫不如是。

从父亲手上接过长篇小说《耐烦》时，感到沉甸甸的。父亲说："这本书的作者，是我在县广播站时的一个通讯员。人很不错，后来当了兵，在部队上干得很好，也搞文字工作，前些年转业。今年出了这本书，刚寄给我，你先看！"

大红大绿的封面，设计极简约，唯一的图形元素是一幅剪纸作品，拙朴、粗犷，造型夸张大胆，又有一种纤秀之美。乡土、陕北、农村……那片土地和土地上熟悉的气息，立时就扑面而来。没有故事梗概，暗自揣测，乡土题材文学作品，作者多以自己的人生或家族史为主线，夹杂这样那样的一些人物，三叔四舅，七姑八姨，在社会浪潮的裹挟下，家族和小人物的命运随之起起落落浮浮沉沉，大抵这样吧。

"父亲死了。"小说开篇就让人的心一沉。

章节目录，初看像是散文，看进去了，觉得或许是作者有意而为。篇目是谁，则以谁为主，或从他者的角度叙述，或是当事人的独白。这是一部极具悲情色彩的小说，融入了超现实元素，有些微聊斋故事的印痕。从一个小切口进入，围绕祯秀一家三代多舛的命运，书写了20世纪六七十年代以来，陕北一隅小山村的兴亡史，以及村里人生老病死、婚丧嫁娶的琐琐碎碎。

多子多福，重男轻女，长期以来一直是当地人的执念。农村繁重的体力劳作，女孩子力所难及，长大后要嫁作他人妇，无法更多承担对父母的赡养，加上传宗接代的传统观念，其实很难说孰对孰错。小说中的时间概念略微模糊，恐也是作者故意为之。从六七十年代写到当下，五六十年的时间跨度，几代人的生命历程，个人的命运要和时代的变化同频共振，书写难度很大，作者还想把人生历程中"我"看到的、听到的、亲身经历的、感受到的一一表达，许多时候，就用"过了些年""又过了些年"作为过渡。"些年"，是几年？还是十几年？从哪一年到了哪一年？并没明说，也没有说明。

女主人公杨祯秀一家四口原本生活在四川，家境富裕。那个疯狂的年代，在当地被折腾折磨得实在够呛，迫不得已，才背井离乡逃到无人识的陕北。清灵水秀的祯秀，有个渴望读书的弟弟，要上学就得有当地户口，想落户，祯秀就得嫁给村里一户人家的大儿——傻子。

"傻子"其实并不傻，也曾渴望读书。年少时，因生活艰难，母亲撇下父亲和弟弟，带着他一路乞讨到陕北，从此再未回贵州。母亲再嫁，暂时解决了温饱，但苦难却一直不曾远离。初中毕业时，他不愿回乡务农，还想读书、要读书。当着继父和三个同母异父弟弟的面，母亲重重扇了他一记耳光，打断了他的求学梦，也彻底毁灭了他作为正常人的尊严，唯有装傻求生，人皆以为真。没人会跟一个傻子计较。他从此沉默不语，卖命地干活，只求苟活。他的活着，比起余华笔下的富贵，有过之而无不及。

祯秀的付出换来弟弟的入学，却没能换来弟弟想要的人生。一直成绩优秀的弟弟，临近高考时，父亲突然因土窑坍塌而死，母亲身受重伤。给父亲办丧事的过程中，弟弟的情绪和学业都受到影响，高考意外失利；报名参军，未遂；报考乡镇干部，未果。一次次满怀希望，一次次迎来失望，一次次努力挣扎，一次次无望收场。当然，也有过短暂的高光时刻，比如，娶妻，生女；比如，在县城转包工程，挣过大把现金……小说结尾时，和爱他、恨他的妻离了婚，孤身一人，两手空空，负债累累，从县城又回到小山村。活脱脱是又一个高加林，甚至更悲催！

强扭的瓜不甜。祯秀嫁给傻子很长一段时间，都不让他靠近，直到傻子用真诚和善良最终赢得她的心。生下大女儿没多久，计划生育就开始了。祯秀一心想给傻子生儿子，再次怀孕后，无奈之下，趁着夜色，两人带了女儿逃离小山村。那时，穷苦人家外出谋生，到煤矿打工无疑是最佳选择。孙少平也曾如此。

第二胎还是女儿。再生，终于是儿子。"我付昌军终于有儿子了！"傻子跪在门外的地上朝天嘶吼，泣不成声。一场矿难，傻子丢了性命，祯秀失去丈夫，孩子们没了父亲。在那之前，村上的棒子队已经找到他们的藏身之地……

把傻子带回村安葬，祯秀也跟着回了村，儿女们在外上学、打工。这时，一直爱着祯秀的另一个男人默默出现了。早年，他父母是从河南逃荒来的，在村子落脚后才生的他。十岁那年，父亲病故。他本可以一直读书，直至学有所成，但他不忍心母亲一人在地里受苦，中途辍学，回家务农。从见到祯秀的第一眼起，他就喜欢她，却只能眼睁睁看着她嫁人、生女，离开村子，又回来。

他乡街头，寻子心切的祯秀惨遭车祸，不幸去世。一瞬间，我忍不住潸然泪下。一次又一次，为世事的不公黯然神伤；一次又一次，为人物的命运心恸不已；一次又一次，泪水模糊了双眼。多么希望，天下所有学子都有书可读；多么希望，世间少一些苦难、多一些温情；多么希望，书中和家乡的人们全都能过上梦寐以求的好日子！

村支书奔波多年，村口那段土路仍旧如初，一下雨，就成了泥巴路，进出都不方便。多年来，村支书一直遵照红头文件执行，村民们并没有过上向往的生活……当然，那是小说。值得欣慰的是，一直斗志昂扬的村妇女主任，已经开始反思一些事情，这是好兆头。

参考英格玛·伯格曼的经典影片《野草莓》，《耐烦》的书名还可以考虑一下《山丹丹》。山丹丹既是北方大地普遍生长的一种花卉，也是傻子赢得祯秀爱情的媒介，更是祯秀向傻子寄托哀思的媒介，同时也是老光棍鼓起勇气，向祯秀表达爱意的媒介，一捧捧一簇簇鲜红无比的山丹丹贯穿小说始终，令人印象深刻。

那天午后，拿到《耐烦》，瞅了一眼就带了书，陪母亲外出晒太阳。冬日暖阳下，和母亲闲聊，翻来覆去大都是说过许多遍的话题，家乡，和家乡的那些人和事。期间，母亲说到，20世纪八十年代初，父亲在富县广播站当编辑时，小说作者还是一个偏远乡镇小村子的娃，初中毕业后在家务农。母亲过世得早，当时他和父亲、哥嫂一起过活。人穷，但志不短，那娃劳动之余爱写东西，字也写得不错，有时给广播站投稿。刚开始，稿子写得一般，有时一张稿纸都写不满。父亲就帮忙修改，尽量在广播上播放。一则是个鼓励，二则也有一两块钱的稿费。后来，稿子就越写越好。

父亲也是初中毕业后回村，吃了很多苦，流了很多汗，也曾炝蹶子，不甘心一辈子都在农村。在交道公社打地边埝会战时脱颖而出，被抽调去搞社教。社教结束后，在工作组组长、北京派到延安的干部刘淑鹤的帮助下，去了交道公社放大站。几年后，因工作能力较强，调到富县广播站。又几年，因工作业绩突出，调到富县县委宣传部……

正因为此，那些年，能照顾上的通讯员，父亲都尽量伸出援手，小说作者是其中之一。那年征兵，他们村有个指标，他赶紧报了名，村支书的儿子也报名了。他估计自己难以竞争，就给父亲写了封信。村支书的儿子父亲也认识，娃也不错。恰好父亲认识他们公社武装干事，就打了个电话，说如果能给村上争取两个指标，就让两娃都去；如果只能走一个，就让小说作者去。村支书的娃，还可能有其他出路，这娃如果不当兵，可能就难出来了……

作者当兵临走时，还到县广播站和父亲辞行，父亲说了很多勉励的话。有一年他回家探亲，回部队前又看望父亲，那时他已在部队干得很好，正在谈恋爱，父亲又说了很多勉励和祝福的话。之后，各自忙碌，一度失去联系。

光阴荏苒，如今，父亲已离岗20年、退休10年。那天，作者终于辗转找到父亲的联系方式，电话打通时，两人都十分感慨。当初那个通讯员，后来的武警战士，历任某部政治部干事、指导员、教导员、学报编辑部主任等职。2001年9月，在鲁迅文学院武警作家班进修。2006年10月，转业到地方工作。今年，他的第一部长篇小说《耐烦》正式出版，爱人十分支持他搞创作，女儿正在读大学。

几天后，作者的新著快递到父亲手中，书籍扉页，他用刚劲有力的笔墨写到——

曾经年少萌动，曾经充满幻想，弹指一挥间，四十年岁月匆匆走过，但在年少时、苦难时，您曾经是第一个愿递给我一只肩膀之贵人，但却无以回报，谨以此书敬献给您指教。

祝福吉麦广老师身体健康，福如东海！

学生：姚仁才

2022.10.18

于北京

努力到底有什么用

那天在"一席"节目视频中看到中国台湾漫画家蔡志忠的讲座后，有些触动。

没能忍住，连看三遍。

蔡志忠在节目中简要讲述了自己的人生历程和漫画创作经历，其中一些曾从资料中看到过，但更多的还是第一次听说，有些意外。蔡志忠自幼生活在农村，用大陆的说法是属于"一头沉"家庭，父亲和兄长在外工作，会带来一些有别于农村的新鲜事物和新的理念，而善良又贤淑的母亲则给予他无尽的包容，使他人生早期的，许多在当时看来奇奇怪怪的念头得以很好的发展，即便在今天看来，他的一些所思所想所为亦有悖常理。正是在那样的一个环境宽松自由的家庭氛围中，他才可以几乎不受任何约束地快乐成长，哪怕成长途中同样会遇到许多小烦恼。

就那样，蔡志忠小小年纪就开始思考人生的走向，思考自己的未来和将来赖以生存的职业。

也是幸运吧！他在一岁左右的蒙昧时期就能接受较为系统的教会授课，那些引人入胜的美丽故事和超越现实的另一个世界，令他不曾被太多现实沾染的纯净心灵激荡不已。当然，我以为，这首先跟人的天性有很大关系，要不怎么当时一起听故事的幼童那么多，何以只有蔡志忠会有那么多不一样的思考？其中还有一个不可或缺的因素，就是家庭氛围的和谐。一个人要成为怎样的人，或者成就怎样的事，禀赋和天时、地利、人和，一样都不能少。

如同跟弟弟接受相似的教育，但却人生成就和成绩大不一样的张爱玲，蔡志忠和他的二哥一起去听人布道，三岁左右时，他就因不确定自己的未来而心生焦虑、恐慌。

俗话说得好：龙生龙，凤生凤，老鼠它娃会打洞。农民的子女，多数情况下仍旧是依赖土地生存的，但尚且年幼的蔡志忠觉得干农活不是自己的长

项，也不是自己的人生目标，身材瘦小的他"肩不能扛、手不能提"，他从心底发出"长大以后干什么呢"的无声呐喊。

人来到世上，总会有口饭吃的。于是，蔡志忠很快找到了自己的兴趣点。

人一旦幸运，那么极有可能就会步步幸运。一个点踩对，踏上了节奏，就有可能每一步都踩到位。初中未曾毕业，蔡志忠就成了专职漫画家，可以自食其力。之后，他成立工作室、开公司、做动画，出版标签极其明显的畅销书，著作等身的他，还到世界各地举办漫画展，参加一些文化活动，是许多漫画人奋斗一辈子都在梦寐以求的人生佳境。

"人生如果只是努力是没有用的！但不努力就更加不行了。"

这是蔡志忠在讲座中说过的话。他对此的解释是，说人生只是努力没有用，是因为你如果没有目标和方向，盲目地如同无头苍蝇一样地瞎努力，肯定没有用，必须在努力之前有自己明确的目标和方向，然后朝着这个目标和方向不懈地努力，才有可能会成功。

几年前，在一个关于漫画的活动中，有机会和蔡志忠聊了一会儿。我把自己绘制插图的作家王蒙的《与庄共舞》送给他，请他指导。他诧异于我用绘本的画法来画庄子。我则笑着说，这是按照出版社的要求画的，自己是断然不敢这样画的。

活动中的蔡志忠，被多家媒体轮流围攻，加之上午的活动很紧，当时的他略显疲惫，但对于大家的提问依旧思维敏捷、思路清晰。得知我的身份之一是漫画作者时，他遂觉亲近了些，交谈也更加轻松。他当即让工作人员把他画庄子的书取出一本送我，并签名、题写赠语。

有别于其他记者的礼遇，令我颇为感动，有些受宠若惊，也引来许多媒体同行羡慕嫉妒的小眼神。

之后，又去西安美术馆近距离欣赏了他在那里展览的画作。那些自然而然的作品画幅随意，绘画材料混合，每种颜料和绘画工具的配合都十分巧妙，彼此相得益彰，并没有完全拘泥于绘画材质和纸张，不受任何约束。这也是许多学院派无法比拟的自由和不羁，也是我自己探索的方向。

后来，有时会想起和他的短暂谋面和交流，他不似一些所谓的名人端着或拿着，摆出一种范儿。他一直是一个人，一身极朴素的布衣，一个布包，一双布鞋，不穿袜子。穿了许久的布鞋已经被穿出了一个洞。说话时语速不快，与人交谈时，神情专注地看着你，目光清澈，是他那个年龄段走过世事沧桑的人少有的澄净，并不是拒人于千里之外的感觉。

只努力是没有用的！

以后的日子里，总会不时想起蔡志忠先生说过的那句话。

一个人到底该怎样走过自己的人生之路，是该想明白之后再迈步呢？还是没想明白之前先向前走着？因为人生苦短，眨眼间的工夫就过去了许多光阴，等不起！

第四辑
请保持与众不同

有一份可遇不可求的爱，叫深情

从见到她的第一眼起，他就开始喜欢她。

我以为，那并不能算作一见钟情，充其量只是他对她产生了一些好感。而且当时只是他看见她，她并没有看见他。不过，这足以说明冥冥之中，两个人将会有一段缘分，会有一些故事发生的可能。

经过时间的沉淀和打磨，他对她那份轻轻浅浅的喜欢，慢慢变成了爱。但他并没有向自己爱的人主动表白，或是深情告白，抑或鸿雁传情托人带个信什么的。当然，短信、邮箱、博客、微博、微信、QQ 留言都几无可能。他仅仅只是远远地注视着她，关注着她。

一开始，她并不知晓在异国乡野里写生画雏菊的自己，已经被人喜欢。25 岁的韩国文艺女青年惠瑛，长发飘逸，阳光美丽，恋爱史竟然一片空白。要不要弱弱地批评一下她妈妈呢？！假如她在世的话。怎么教育孩子的这是？大好光阴愣是给白白浪费了。唉！

一天，当她像往常一样小心翼翼地走过那座独木桥时，不慎失足滑落，"扑通"一声掉进桥下的河水中。画板画架画笔等工具跟着她一起掉进湍急的河流，可怜的文艺女孩，一番挣扎上岸后，眼睁睁看着工具包顺水漂走却无能为力，只得捞起其他物品闷闷离去。

这一幕恰好被隐居此地的他看在眼里，立刻在第一时间一路狂奔而来。看到水中漂移的工具包，他毫不犹豫地扑进河里替她捞了上来。此时，她已浑身湿淋淋地推着自行车离开。

之后，他为她造了一座木桥。那是一座 DIY 的，绝无仅有的，非常特别的桥。锯、砍、刨、铺、钉……全都由他亲力亲为。钉好最后一个钉子，他还用脚踹了踹，试试是否结实。

他并不需要她的感谢，甚至在她经过时低头侧脸以手遮面。可当她大声朝四野里喊着"谢谢你"时，他的嘴角微微上扬，洋溢着幸福的味道。爱一个人，就是希望对方好。有没有回馈，也重要，也不重要。

有一句超级狗血的话说：所谓暗恋，就是既害怕对方知道，又害怕对方不知道。有没有悲催的感觉？！

他为她做的，远不止这些。在想她的时候，就去她爷爷的古董店门口，悄悄放一盆盛开的雏菊，在喊出一声情意浓浓的"flowers"之后就赶紧躲开。听到喊声，她会走出店门，端起花盆，茫然四顾。他则远远地看她一眼，只一眼，就已经很满足了。

她也知道暗中有个喜欢自己的人存在，为自己修桥，送雏菊。被人爱着，当然幸福得一塌糊涂，尤其她是一名情窦初开的文艺女孩，更是有事没事就浮想联翩。想当然地认为那个未曾谋面的他，就是自己的初恋。

后来，他在她经常画像的广场边租了房子，只为可以经常看见她、守护她。他开始学习欣赏她的画作，开始阅读世界名画，了解世界知名画家，甚至开始认真自学素描和油画，希望将来有机会跟她说话时，能有共同话题。

可爱得，简直像个孩子！

终于鼓起勇气走近她时，他满眼含笑，眼睛一刻也不离开她。哪怕她示意画他的侧脸，他仍然偷眼去看她，一眼，又一眼，全是深深的爱意。她下午离开时，他常常专门开车送她回家，就连开车时都还不住地拿眼睛看她。他邀请她参观自己建在水上的家——浮萍一样，不知这是不是有某种隐喻。替她推门、播放音乐、打开窗户、拿杯子倒饮料，跟她谈论莫奈和德加，请她看自己种在屋顶的雏菊……只要她在他的视线范围以内，他的眼睛一刻也不离开她，怎么看都不够。

及至给她做饭，双手为她捧上温度刚刚好的热茶。默默地陪着她忧伤，静静地看着她痛苦，他的心里，何尝不是如刀绞一般。

为了能和意外失声的她正常交流，他悄悄学会了唇语，并满怀欣喜地展示给她看。那一刻，在电视上，一个人对另一个人说"你是我的唯一"。而那一刻，是他们两人最美好的瞬间。他专注又专情，为真的读懂了她的唇语而欣喜不已，阳光从窗外暖暖地照进来，他笑得好开心；她由于他能读懂自己而嘴角露出浅浅的笑意，多日来的苦痛也仿佛减轻了许多，眼神亦是柔情的。

如果影片在那一刻就结束，该多好啊！

不要说他们的爱情没有结果，其实每一个瞬间，都可以是结果。

请不要误以为他真是个多么胆怯懦弱的男子，深爱着一个女子，竟然连跟她表白的勇气都没有，实在是因为他的职业。他跟现实中的白领金领蓝领等你我能想到的所有人一概不同，他是一个叫朴义的职业杀手。

哪一行都有潜规则。要生存，就必须遵守，别无他法。

正如他的名字叫"义"一样，他也是个讲义气的人。当一个叫正佑的国际刑警突然出现在她身边时，他心碎，他忧伤，他失落，他痛苦。不管是暴雨如注的漆黑夜晚，还是广场上警匪枪战的混乱时刻，抑或随便什么时候，只要扣动枪上的扳机，朴义完全可以轻松干掉对方，继续拥有惠瑛。起码从精神层面来说，惠瑛是完全属于他的。可是，他没有。

朴义认为正佑是好人，自己是坏人。正佑可以给惠瑛的，自己却不能够。于是，为了她，他默默地退出。虽然仍会远远地看着她，但自从惠瑛和正佑开始交往，朴义便不再送雏菊给她。

雏菊，象征着埋藏在心底的爱。

也是惠瑛疏忽。朴义送的雏菊，每一盆都枝繁叶茂，栽得密密实实，那是他亲手所栽，是爱的象征和表达。花儿开得刚刚好，花盆也超有感觉。而正佑初见她时手上拎着的那盆雏菊，明显是卖家随便栽的商品，稀稀拉拉的，并不带有任何情感。而他郑重其事送给她的，却是一束黄色的玫瑰，只有包装，没有花盆，更不沾土。

当惠瑛向正佑讲述那座桥和那些雏菊的故事时，正佑不能承认自己就是那个人，却也不愿意否认。他的沉默和种种巧合，使她误以为他就是那个人，且深信不疑。而他爱她，这是没有办法的事。

当惠瑛向朴义讲述那座桥和那些雏菊的故事时，朴义也没有承认自己就是那个人，却也没有机会让他否认。那时，她的心里已经填满见不到正佑的悲伤，没法再去爱任何人。朴义深爱着她，为了她，宁愿选择沉默。表现在外的，则是羞涩腼腆，含蓄隐忍。一张张翻看着她写在卡片上的文字时，不知他内心究竟有多么受伤，有多么心碎，有多么痛苦。

天下最痛苦的事，莫过于我就站在你面前，你却不知道我爱你。

惠瑛当然知道朴义是爱自己的，但她却不知该怎样接受。为了减轻自己的愧疚感，只能一幅又一幅地给他画像。那些画，自然多是她凭记忆画出来的。只是画中面容清俊的朴义，不管从哪个角度看，眼神大都是忧郁的、忧伤的。当然，也可以解读为深情和深邃。我敢说，惠瑛给朴义画的像，远比给正佑画的多很多。但那又怎样？谁让正佑是第一个走进惠瑛情感现实里的人呢。

伤愈归来的正佑心生愧疚，主动上门告诉惠瑛真相，坦陈自己的心迹。但那时的她已经不在乎他到底是不是那个他，唯有一腔淤积已久的情愫无法用语言表述，只能一边饮泣一边无力地拍打着门。一声，又一声。门里的朴义，铁骨铮铮理性冷静的硬汉，也忍不住掩面哭泣。

令人感动的还有，当朴义和正佑终于正面相对时，两个人并没有想着很快弄死对方，独得惠瑛的爱。他们都颇为君子地觉得，对方更应该跟她在一起。不是说爱情是自私的吗？缘何惠瑛遇到的两个男人都这么不食人间烟火呢？他们还约定，将来无论谁最后得到惠瑛，另一个人一定要成为她的朋友。无论是朴义的默默付出真心守候，还是正佑的豁达通透披肝沥胆，无不令人钦佩。

在最后那场激烈的枪战之前，朴义不忍再让惠瑛伤心痛苦，毅然决然地选择放弃任务，出现在已经知晓真相的惠瑛面前，向她言明自己的顾虑、担忧、无奈，并表达深深的歉意。两个真心相爱的人儿，泪眼相望，肝肠寸断。

但是，但是一切都已经太迟了，迟到了根本无法挽回的地步。用橡皮擦，用修正液涂，用刀片刮，什么办法都没有用。

这部虐心的电影名叫《雏菊》，女主是韩星全智贤，搭配两枚画风略有差异的韩国帅哥。我可以更喜欢郑雨盛吗？嘻嘻。影片中的主要人物一开始就身处同一屋檐下避雨，他们和她，都没带伞。一心只等雨停的惠瑛根本不曾想到，近在咫尺的他和他，将会和自己有一段扯不断理还乱的生命交汇。不是她不明白，任何当事人都很难在事情尚未开始时就能猜得到结果。因而才会有阴差阳错，才会有悔不当初，才会有前世冤家。

蹲在地上的朴义，面前就放着一盆雏菊。在他抬头去看惠瑛时，视线无意间和正佑相遇，两人还点头微微致意。只是镜头切换太快，三遍两遍根本发现不了导演暗藏的伏笔。

整部影片贯穿始终的，都是那一大片美丽的怒放的雏菊，和一盆又一盆传递含蓄爱情的雏菊。留下深刻印象的，除了安静朴素的田园牧歌，就是朴义那双深情款款爱意浓浓却又无可奈何的眸子。其实，他眼睛里的内容，远不止这些。每看一遍，都会有不同的感受。

顺便为片中一段又一段恰到好处的电影音乐点个大大的赞，俄国作曲家柴可夫斯基的钢琴曲《六月船歌》，极好地起到了画龙点睛的作用，还有那首每次听都会瞬间泪奔的主题曲。这些都为电影的成功起到了不可多得的作用。

在另一个爱情故事的结尾，智银圣对韩千穗说"真爱是不需要语言的"。把这句话送给朴义和惠瑛，送给两个共同走过美好光阴，但却当时只道是寻常的悲情角色。

愿每一段暗恋，都能有一个不太忧伤的收梢。

为什么是西雅图

　　从年龄上看，汤唯其实已经不能算年轻了。33岁的女人，虽然保养有加，依旧青春靓丽，但作为一名科班出身的女演员，她到这个年龄时，演过的影片并不算多。而且，人们提及她，总也绕不过《色·戒》。

　　遥想几年前这部影片上映时，被朋友一番激情煽惑，两人在下班后兴致勃勃地冲到电影院去排队买票观看，一起沉溺于影片中的一些情节，激奋了许久。为了让这种情绪得到延续，我们还相约从城市的东北方向赶到城市西南方向的一家日本料理店——花亭居酒屋。

　　朋友坚称，梁朝伟和汤唯在片中约会的那家日本料理店就叫此名。就餐期间，她轻轻倚在料理店二楼雅间的推拉门上，努力模仿汤唯在影片中的神情和姿态，悠悠地、轻柔地唱着那首汤唯唱给梁朝伟的歌。那段时间，每每K歌时，那首歌总是"麦霸"朋友的必唱曲目之一。每次唱毕，我必定要扮演最热情观众的角色，报以最最热烈的掌声。朋友那时虽为人妻，还不曾为人母，和丈夫距离不太远的两地生活，让她既有足够的私人空间，也不至于被长久不能相见的思念所折磨。她坚持保持未婚时的精神独立，包括对一切美好的憧憬。

　　观影后的我，乘着那股子热乎劲儿，疾书一篇观后感，题曰《从张爱玲到王佳芝》，收编在我的《游走，在新闻和文学之间》一书中。

　　后来，听说汤唯去了英国，度过了一段甘苦唯有自知的岁月。当她重又出现在公众视野里时，网上有些关于她在异国他乡苦苦打拼的文字，这些都是另外一个朋友讲给我听的。真假莫辨的文字也无从考究，唯有一些情节却记住了，其中说到汤唯有一段时期经济有些困难，而她因手持在国内时取得的一个羽毛球资格证书，遂依靠当羽毛球陪练这样的角色维持生计，渡过一时的难关。这一度成为青年人的励志佳话。告诉我这些的这位朋友和我一样都是羽毛球爱好者，而她因为打羽毛球的时间更长久，以至于两个大臂的粗细略有不一，也多少影响到她的夏季着装。

清明节放假，原本是有一些计划的，可是突然就什么也不想写了。最近实在太累，想给这个假期一个轻松的开始。既不去和各路人马享受免费高速之快，也不想去就近的一些景点感受和众人的不约而同之乐，那么看一场电影是不是也是一种很好的放松呢？

汤唯的名字让我毫不犹豫地做了这个并不难的选择题。等待开映的过程中，多少还是有些期待的。直到汤唯顺利拿到签证，及至于对着并不算有多老但却蓄着胡子的司机吴秀波大喊大叫，抖出有钱人耍的派头来肆意发泄时，我以为那不像是在演电影，仿佛是在话剧舞台上。台上是她，台下是我。不得不承认，我是一个慢热型的人。

爱情不分年龄和时间、地点，自然也不会分身份，孕妇又怎样？人是一种高级动物，更是感情动物。一个怀孕的女人，在最想念爱人的时候他不能作陪，在最需要爱人关怀的时候他不在身边，这样的爱情是有缺憾的。如果两人最终修成正果，这些绝对会成为他的把柄，被她在情绪不好时一次次提及，直到他的耳朵起茧、她也彻底说够了才会作罢。

她首先是一个颇有情义的女子，才会在还无名分时就为他怀孕、生子；也因为她是一个有情义的女子，才会在怀孕后就放弃自己体面的职业，为了孩子的未来远赴西雅图待产；还因为她是一个有情义的女子，才会在得知他身陷囹圄时没有想过自己的未来在哪里，一心只想着要给他"留后"……多么可爱的女子啊！当无限额信用卡终于因故不能再使用时，她可以委屈自己，去街头贱卖那些昔日的奢侈品、如今的无用之物。只是为什么不向父母求援，为什么不向朋友张口？我不知道，听从导演的安排吧。

每逢佳节倍思亲。独处异国他乡的汤唯，在圣诞节时男友食言缺席，而房东一家的其乐融融更加深了她的伤感。这就给了她一个走近吴秀波的机会，也给了对方深入了解她的可能。一个上得了厅堂的知性美女，同样也下得了厨房，还不乏生活情趣，且情深义重。这样的优质女子，没人爱可就真是罕见了！所以，不愁吴秀波不会爱她。

很显然，如同现实中的汤唯知道自己的目标——职业演员一样，影片中的汤唯同样知道自己的目标——一个有爱人、有孩子且衣食无忧、温馨的家，而不是一个徒有其名、看上去好像很美好的现实婚姻。这就跳出了人们关于"小三"的种种反面描述，使得影片的格调莫名地有些积极向上。或者说，她是"小三"这个群体中的异类，打着爱情的招牌，她没有止步于仅仅得到名分或者只是让自己物质上变得富足，而是除了这些以外，她还要对方的身心同时存在。没有爱情，他们不会有孩子，最终还走进了婚姻，但在时间上对方却给予甚少。正所谓人在江湖，身不由己，他也是分身乏术。如此，分手是必须的，就看时间长短的问题了。

他和前妻复婚的结果，其实一点儿都不意外。一个中年女人，享受惯了锦衣玉食的日子，至于自家男人在外面沾染的花花草草之事，就只能睁一只眼闭一只眼了。而且从她和汤唯的那次通话，以及电话中焦虑的声音就可以感受到，她其实也算良善。一个并不多事的妻，安然地守在家里，在男人需要的时候适当出现一下，于夫于妻都是一桩好事。写到这里，我想到了：各取所需、按需分配。

古人云：难得糊涂。汤唯活得有些太明白。她之所以放弃已经到手的名分和丰厚的物质生活，应该也有一些因素是在独守空房的日子，在他一次次找借口迟归甚至不归的夜里，她看清了某一类男人的真相：既然可以背着他的妻与自己谈情说爱及至有了身孕，完全有可能也和其他更加年轻貌美的女子……

她从自己的成功，看到了自己的失败。

有得到，就必定会有失去，请允许我的刻薄。只可惜许多女人看到这一点后，大多选择了隐忍。隐忍的结果是婚姻的维持，否则，婚姻只能解体、重组。

只是离婚后的汤唯能争取到儿子的抚养权，这让人有些意外。我不太相信孩子的父亲轻易就会对儿子放手。西雅图再相遇时，他带着他的女儿，她牵着她的儿子，这个圆满的大结局是导演期待的，也是观影人所期待的。好事成双。一个才情俱佳的美丽女子必定要得到一个优质男的爱情，她身心都要，他也身心都能给得起。所以，当吴秀波终于从炮灰男磨砺成优质男时，他和她相遇了。

顺便说一句，同时非常喜欢海清和买红妹在影片中扮演的角色。多想对她们说一句：亲们，感谢你们！

电影之外，男女主角各有自己的现实人生，与影片中的呈现毫不搭嘎。当然，那是另一个话题。

爱可及，相守"触不可及"

看多了谍战题材影片中各种刑具伺候下，或凄厉揪心或凄惨瘆人的场景，总是不忍目睹不忍耳闻，可为了能对得起自掏腰包的电影票，又往往不得不鼓起勇气透过指缝时而偷偷瞄上那么几眼。一部片子看下来，往往胆战心惊、神经紧张、身心疲惫，亦不敢太多回味品咂，实在是不忍心让脆弱敏感的小心灵再受那份煎熬，整个过程活脱脱就是一个花钱买罪受的典型范本。

那天，在古城的如丝细雨中去影院围观由赵宝刚导演、小眼睛男孙红雷和知性美女桂纶镁主演的新片《触不可及》，方才发现，原来险象环生、硝烟弥漫的谍战片，也可以被拍得那么唯美而优雅、凄美而婉约。一部本应令人不寒而栗的谍战片，愣是被早已不年轻的赵宝刚同学拍出了不少新意，在奔向小清新的途中，直接秒杀全部同类型影片。

它们，在它面前简直就弱爆了！画面的唯美和情节的跌宕，甚至一度让人忘了它的本来面目。一个小波折，随后又是一个小波折。不是说无法相守就失去了爱与被爱的资格，作为一部主打爱情牌的影片，整个片子色调明亮鲜艳，画面唯美，音乐优美，舞姿几乎美到了无以复加的地步。期间，我为剧情、为演员高超的演技和人物命运的多舛多难而几次潸然泪下。

女主宁待，宁静地等待；男主傅经年，经年的辜负。男主有一个身份，叫冷子，冷是必须的，但却有一颗沸腾的热心。感谢编剧在主角取名上的煞费苦心。身处那样敌中有我、我中有敌，随时可能有生命危险的环境中，没有坚不可摧的革命意志和理想信念是很难坚持下来的。

那样的环境轻易不敢谈论爱情，但爱情这东西还真是奇怪，它不会以个人意志为转移，也不会等待土壤适宜时才开始生根发芽并准备开花结果，它像是个调皮的孩子，完全以自己的性情为中心，它想要出现时就出现，哪管周围是枪林弹雨，还是雪月风花。

《触不可及》摒弃一些影片俗套的调情方式，改用优雅的探戈舞和优美的钢琴曲来吸引和彼此吸引，这也符合了女主的身份——舞蹈老师。她以教各路风雅人士练习舞蹈为业，一位弹得一手好钢琴且舞姿卓越貌美妙龄的女子，谁若不喜欢她不爱她，必不可能。

如是，旋律优美的钢琴曲《一步之遥》和优雅高贵的探戈舞就成了几乎贯穿整部影片的华丽丝带，生生把一部硬朗的谍战片渲染成了让人过目难忘的爱情片。

不得不承认，赵宝刚导演有一双好眼力，男主一角唯有孙红雷这样的演技派方可胜任。他既不属于偶像型，也不在帅男之列，但凭借多年的舞台经验和银幕经验练就的一身真本事硬功夫，轻轻松松就塑造了一个成功的卧底。

迎面走来，你或许不会被他的外形迷倒，但会立刻为他的淡定从容、不露声色和深刻内涵而着迷。遇到自己爱的女人，明知不能给她更多的爱，便强忍内心的隐痛，希望她"找个比我好的男人嫁了"！不能与相爱的女人相守，他没有怨愤也没有自责，只一句"忘了我吧"就转身离去。有谁知道，转身而去的他心中有多么无奈？！作为一个顶天立地、铮铮铁骨的汉子，在大爱和小爱面前他有自己清醒的选择。他甚至可以接受一段无爱的婚姻。虽然他一次次与爱人擦肩而过，看似触不可及，但又一次次因偶遇而似乎触手可及。可最终，还是辜负了她的一腔情愫。

回首经年，此情何处等待？

女主桂纶镁的选择也是极好的。如果是再稍稍婉约妩媚一些的其他女子，或许会对爱人有更多的黏腻，拉拉扯扯，让他心思烦乱；如果再理性那么一点点，与他那样身份角色的男子相遇时难免矜持拿捏，又怎会有共舞一曲时的怦然心动，和并不多的几次见面就萌生的深深爱意？当他婉拒她的爱时，她虽也极其克制，但仍旧趁两人分别前仅有的几分钟时间倚在他身上，借探戈舞舒展有度的动作沉醉于爱情短暂的美好中。

一个情感无着的弱女子，当有一天心中住进了一个人，她所能做的，唯有宁静地等待。等待他的承诺，等待一个未知的结果。可她等来了吗？每一次从看似触手可及到复又触不可及，她的眼角都会默默流出一滴清泪。

"我不等了！行吗？"

当她终于呐喊着对他说出这句话时，不知道她有没有想起王宝钏。十八年寒窑苦度换来的不过是瞬间的虚无，转眼就烟消云散。而她，没有等到和他的再次相见，就让生命在花季滑落，留给彼此的都是最为美好的记忆。

许多人在面对所爱之人许下承诺时，并不完全确定这个承诺意味着什么，能承受多少重量。他一次又一次做好与她相忘于江湖的准备，但又因爱而不可避免地心生牵挂，一次又一次与她主动偶遇，或者看似偶遇……一个人的痛苦，其他人可以换位思考，可以在闲暇时陪他长吁短叹，也可以故作感同身受，但却永远无法代为承受，永远。

不可避免地再狗尾续貂补充几句。

像徐静蕾、黄磊和蒋勤勤、奚美娟这样腕儿级的人物客串一些角色，不能说阵容不够强大，但众腕儿的气场会互相影响。尤其是前两位，刚一出场就被叛徒出卖，死了。这样的演员来演绎这样的角色委实有些浪费，舒展不开。另外，方中信的演技也是无可挑剔的，赞！

我这次有幸在影片点映时就前去围观，又在主创和观众见面会时再次观影并与桂纶镁、孙红雷他们近距离接触，和众多影迷们一起热情欢呼、激动尖叫，喜不自胜地齐声高喊："《触不可及》，全国大卖！"

桃花朵朵开

　　2008 年是一个多事之年，一桩桩、一件件喜忧参半之事，轮番搅扰国人的心绪，也让自己一颗脆弱又敏感的心几次跌宕起伏。岁末，揣着一颗期待的心，把关注的目光投向了 2009 年的贺岁片《女人不坏》《非诚勿扰》《桃花运》……还顺带留意了一下迪斯尼公司的动画新作《机器人瓦力》。

　　贺岁片多以轻松幽默和搞笑见长，毕竟人们辛苦打拼了一年，是该放松一下神经。这几部贺岁片都或多或少地被所谓的"爱情"左右，在这个一切都快餐化的时代，爱情也似乎难逃此劫。神秘的面纱早已被剥离，爱情变得更加实际又直白，一开口就直奔目的而去。当然，也有好事多磨的苦尽甘来，即便那份爱情也充满难言的苦涩，即便那份爱情落入凡尘后也会不堪现实的一击。

　　《女人不坏》的宣传海报上，周迅、张雨绮、桂纶镁手持扑蝴蝶的网子，在桃花树下狂舞时，这个时代已经变了。费洛蒙，一种子虚乌有的研究成果，在追求爱情的征途上却似乎神乎其神，总是可以达到意想不到的神奇效果。只是，大多是女人追求男人，或是设计让男人追求女人。女人若天生一副美貌，再加上有几分优雅的媚态，便不乏所谓的求爱者。越来越多的女人，已经全面掌控爱情的主动权。

　　葛优在《非诚勿扰》中，依旧是熟悉的脸庞、熟悉的京腔、风趣幽默的语言。他看似不经意间说出的几句话，总是令观者忍俊不禁或捧腹大笑。借由他与不同类型女子相亲，引出一个又一个渴望被爱的女人，也引出不同的爱情现实版本。当舒淇以空姐的身份出现在葛优眼前时，葛优的心立刻为她一动，仙女级魅力四射的女人，无人可以抗拒。唯一遗憾的是舒淇与方中信之间藕断丝连的情感纠葛，让葛优郁闷难解。不过好事多磨，结局还是温暖而又圆满的。

　　爱情是美好的，有无数理想状态，令人无限神往；现实却是残酷的，千疮百孔，布满虫洞。在一声叹息之后，所有人还是得跌跌撞撞地回到生活原本的轨迹上，继续走脚下的路。一切都终将尘埃落定。

《桃花运》中有这样几段所谓的爱情——郭涛对元秋的好，不论是真好还是假好，只要元秋认准了，就会毫不犹豫地付出所有；葛优对邬君梅的好，好得无懈可击，因为曾周旋于太多女人之间的他已经进入程序化阶段；因为段奕宏的帅和不菲身价，李小璐就带着一片痴情羞答答地冲上去；耿乐面对始终坚持守身如玉的梅婷选择转身离开，也许对两个人来说都不是十分情愿的。

谁人说过，要想留住男人的心，先要留住男人的胃。同样的道理也应用在厨师李晨身上：因为做得一手好菜，意外获得了女友宋佳的芳心，也改变了自己的命运。人不可以改变过去，但是可以尝试着改变一下未来！

美好的爱情人人向往，即便它是一个机器人。

在《机器人瓦力》中，当瓦力意外遇到来自另一个星球的伊娃时，他渴望引起她的注意，渴望靠近她、认识她、走近她。一次次失败，又一次次小心翼翼地努力。他把自己从垃圾山上淘来的"宝贝"们一一拿给伊娃看，还将自己从保险柜里好不容易找到的一株绿色植物送给伊娃。整个过程完全如同人间的凤求凰一样，充满欣喜和期待。

当伊娃能量耗尽时，瓦力用一根爱的绳子将自己和伊娃拴在一起，形影相随。夕阳西下，两个相依的背影看上去是那么温馨，又那么令人心酸……

生活中，不是谁都有呼喊着"伊娃"，追出外太空的勇气。和许多人们期望的爱情故事结局一样，经过一个又一个扣人心弦的波折后，两个相爱的人儿最终走到了一起。十指相扣，他的"手"和她的"手"。

那一刻，爱由心生。

永恒的廊桥

廊桥和发生在廊桥上的情事，早有耳闻，但我却一直未曾看过。直到有一天，一个开本不大、薄薄的小册子——《廊桥遗梦》出现在手边时，当时恰也不太忙，我就斜倚沙发，随手翻阅。

意外发现作者竟是一记者同行，而男主的身份也和作者惊人的相似。

许是熟悉的东西容易书写，也好掌控吧。人在熟悉的地方，资源和人脉也充足，获取的信息自然也多。正因为此，在看书之前，我甚至八卦地猜测，指不定就是作者本人的某次艳遇，而又因种种现实原因，不得不有所舍弃，真真假假虚虚实实。如是，便有了"廊桥梦"。

此书之所以能吸引世人，能受欢迎以至于畅销，就是因为人生活在这个世上，在亲情友情之外，还有爱情。爱情是美好的，也是一件可遇而不可求的事，它出现的时间前后也不由本人所掌控。来临时，不论外人怎样看待，当事人自是难免深陷其中，个中甜蜜或酸楚，则唯有自知。然不得不佩服作者这种新颖的写作形式，他以女主角的一对儿女再三思酌后，决定披露已故母亲当年的一段情事为由头。当然，他们也是被两人当年的真情所打动，更被母亲的选择所打动——为了家庭、为了儿女、为了现实，这位母亲不得不对爱情做出让步，把那份浓得化不开的情绪深深埋藏心底，任由岁月流逝，年华老去，而真情永存心间。

不想说哪种爱是大爱，哪种爱是小爱，只觉从心底油然而生一种无言的钦佩，对男主角和女主角的钦佩。他因为职业的缘故，长期在外漂泊，以至于第一任妻子因长期独守空房，终究耐不住寂寞，愤然离他而去。之后未再婚，偶尔会有短暂的艳遇，但多随风而去，并不在他心上留下太多痕迹。

一位心境恬淡又有一定艺术气质和独特个性的职业摄影师，他一方面按各种杂志约稿完成拍摄任务，另一方面多少还是想在摄影作品中表达自己的思想和对拍摄对象的感受、体悟，因而，就摄影来说，他和杂志社之间有时是互相让步的。喜欢这种有个性的人，艺术如果没了个性，自然难免匠气。

同样的，也十分喜欢女主角。

作为一个热爱生活、热爱家庭，一个没有多少生活情趣的农夫之妻，她其实没有错。全心全意去做自己该做的事，尽心尽力相夫教子、栽花种菜、洗洗涮涮，虽不能说小日子过得多么富足安逸，但还算过得去。因为周围的人每天都是这样过的，她也一天天地就这样过来了。

当然，许多事情表面看上去似乎有偶然性，实则是必然的，如果男主到达廊桥之前，她的丈夫和孩子们没有一起外出几日，恰好使她"空闲"几天；或者男主到达廊桥时，她再年轻一些，没准儿两个人一番干柴烈火之后，她会义无反顾地随他而去，抛夫别子，从此两人情投意合，相依相携浪迹天涯。

私奔，是许多文学作品惯用的情节。

又或者，她再沧桑一些，从容颜到身心，都已经到了一潭死水的境地。任由男主再怎样浪漫又卓尔不群，再怎样健美得如同甚至超越时下备受青睐的男神，远观一眼即让人有勾魂摄魄之感，她也会波澜不惊，视而不见，置若罔闻。如此，怎可成就廊桥好事？浮皮潦草地只是四目相对那么一下，没有灵与肉、身与心的完美结合，又怎"遗梦"？！

无论如何，对男女主角的适可而止都是要翘大拇指的。

恋爱一定要趁早

上个世纪，张爱玲就曾说过：成名要趁早。其实，恋爱何尝不是。

在电影《海角七号》中，一个自认为懦弱的男人，是一名在中国台湾工作的日本教师。一个叫友子的女孩，是渔人的女儿、台湾本地学生。女孩爱玩爱时尚，不按照学校的规矩理发，是一个正处于叛逆期，且把那种叛逆付诸实施的胆大女孩，常常惹得教师大发雷霆。然而，这名教师却深深地迷恋并爱上了女孩，但他却从来不敢承认两人的相爱。女孩毕业时，这名教师却因为现实原因不得不返回自己的国家。

一名穷教师，深爱他的学生，却又不得不选择放弃，独独带走爱人在海边玩水的一张照片。照片上的海没风也没雨，照片上的女孩笑得就像在天堂。这位教师从船一离开码头就开始反省、自责，甚至诅咒，因为他无法替自己的懦弱负责，也因为思念爱人带来的悲伤心情。海风吹拂的声音在他听来，不过只是阵阵呜咽，那是对现实世界无法把握又不愿屈从的无奈，也是借景抒情、借物言意的心有不甘。只短短几天时间，他就觉得自己似乎老了许多。

岁月流逝再怎样迅速，也不会让一个青年几天就老至垂暮，只是爱人渐远，心老了吧？！

在对爱人的思念中，对未来的无望中，他只能独自承受相思之苦，爱情这时候已经没有了甜蜜。景由心生，和煦的阳光、温暖的月光、迷蒙的雾气、潮湿的海风、美丽的大海，这些往往引起人们浮想联翩的美景在当时的他看来，全都是可恶的。他甚至打算将自己对爱人的相思，寄托在前往台湾避冬的某条乌冬鱼身上，期望能被她的渔人父亲捕获，被她有幸尝到：自己并不是抛弃友子，而是舍不得她。他在静夜里一遍遍默念道：不是抛弃你，是舍不得你！

一封，两封，三封……这个曾经沉溺情海欲罢不能的男人在归国途中，在海上航行的七天里，一共为他的爱人写了七封信，倾诉最真最美的思念。当他的脚踩在自己的国土上时，他却开始思念海洋，还有海洋彼岸的爱人。

大海容不下爱情，唯有相思。他将这些信件寄给爱人，希望爱人收到自己的相思，原谅自己的离去，他以为自己会把爱人放在心里一辈子。

他还是无法逃避现实，娶妻生子，默默走着他自己的人生路，直至发秃眼垂，额上皱纹密布。他原本以为自己能将美好回忆妥善打包，到头来却发现能携走的不过是虚无。而友子——他曾经日思夜想的恋人，也同样被残酷的现实击碎了心中的美梦：爱人离去，爱情化作泡影，等待成为遥遥无期的未知。后来，她和大多数女人一样，为人妻、人母，在一段庸常婚姻里从青春靓丽熬到苍苍白发，韶华远逝。

时间可以抹去一切，哪怕它曾是一段刻骨铭心的异国恋情，那又怎样呢？两人心中的最后一点余热最终还是完全凋零，甚至都来不及发出一声叹息。

一个未曾按规定被退回的邮包，向人们展示了这段曾经的隐匿爱情，这段早已湮没在岁月长河历史变迁中的爱情。时光流逝，星移斗转，山还仍旧是那山，海还仍旧是那海，爱情也在不停地重复上演。阿嘉和另外一个也叫友子的女孩已悄然生情。

只是，主角早已物是人非。

我遗失了自己的七月

几乎每个女孩子在年少时，都有过至少一个特别要好的女伴，亲密无间，无话不说。这样的关系，有的到青春期结束后，随着各自学校的变化和成长环境的变化而变化，有的则可能维持许多年，直至各自成家，为人妻人母后，仍经常在一起黏糊。除了家长里短、丈夫儿女和各种生活琐事外，不少年少时的友谊仍会延续，持续多年，但大多不太可能持续一生。

期间总会有一些变故，生出一些枝节，最终使那段友谊无疾而终或有疾而终。先转身的那一个，必定有自己转身的理由和原因，而另一个，则不太可能轻易就转身，站在原地痴痴地忧伤。

很显然，七月和安生是诸多要好女孩中的两个，一个家庭幸福，父母呵护有加；另一个则缺爱，除了缺乏来自家庭的关爱，也需要一个温暖的怀抱和可以依靠的肩膀。七月是那个幸福的女孩，安生是那个亲情缺失的女孩，两人从初中入学军训时就渐渐走在了一起，安生常常跟着七月去她家。吃饭，做作业，甚至两个人一起洗澡，同床共枕，说一些女孩子之间的小秘密。

三年时间的朝夕相处，让两个女孩之间的友谊日渐增进。初中升高中时，七月顺利升入一所口碑不错的高中，学业自然是第一位的，上大学，是七月的下一个人生目标。安生则进了一所职业中学，很快就半工半读，结识了一个摇滚歌手男友，并与他同居。

天下的初恋大都无果，安生意外发现男友劈腿，一气之下砸了男友的吉他，然后，愤而去闯世界。

在此之前，七月一次悄悄告诉安生，自己喜欢上了一个男生，但却不敢表白，安生极力鼓励她向男生表白，并偷偷去见了七月暗恋的那个男生，警告他要对七月好，一辈子都要对她好。

事情果然如我们猜测的那样，七月喜欢的男生被不羁的安生所吸引，在三个人一次爬山时，那男生把自己戴了许多年的玉坠送给安生，安生犹豫了一下还是收下了，并戴在了自己的脖颈上。他们没有想到的是，那一幕被七月看在了眼里，但她实在太爱男友了，同样也爱着安生，就自欺欺人地认为两人并不会有什么事发生。

是的，她的男友和女友克制得都很好，并不曾有多少私下接触，没有任由那份情感进一步滋生蔓延，更没有做出什么令三方都颇为尴尬之事。

七月在火车站送安生。火车徐徐启动，安生挥手时，玉坠子从衣领里滑了出来，随着列车的晃动而晃动，那样刺目。我以为，两人的友谊自此也该画上句号了。可是，没有！

安生每到一地，总会给七月寄一张明信片，也总不忘在文末附一句：问候家明。其实两人心里都很清楚，只是都在自欺欺人罢了。她们依旧维持着友谊。家明和七月大学毕业后，各自有了自己的职业，七月家庭幸福，工作安稳，如果再能很快和男友成婚、生子，人生就像那谁在电视节目中一遍遍比画着说的那样：完美！

只是事情如果就那么顺理成章的话，不过只是凡人俗事一桩，只是普通人的平凡事，而不会是这样一部口碑和票房俱佳的影片，且两位女主同时摘取了金马奖的桂冠。

七月终于醒悟，虽然深爱着家明，但却不能释怀家明对安生的情愫。跟家明提前说好，让他"逃婚"，然后自己再以"出去走走"为由，离开生活了多年的小城，当她再找到安生时，发现安生和家明住在一起，两个女孩之间终于第一次爆发了冲突，但还不到彻底反目的地步。不过只是彼此说出了多年来深埋心底的小怨念。

有些话说出来了，对彼此都是一件好事，两人反而都释然了。然而事情总是一波三折，当颠沛流离的安生终于找到爱她的人，两人即将走入婚姻殿堂时，一场意外的车祸瞬间就击碎了安生的幸福，那个答应娶她的男人遇车祸而亡。只是安生也没有选择和家明走在一起，她遇到个颜值不高、收入一般的居家男人，准备嫁给他。

当挺着大肚子的七月再见到安生时，她已经变得十分柔和，不再似以前那般刚烈，学会和世界和解。未婚先孕的七月在安生的关照下生了一个女孩，只是不幸在产后大出血离世，安生独自抚养七月和家明的女儿。

小女孩跟她的妈妈一样聪慧，她发现了"妈妈"的秘密，得知自己是家明的女儿，主动约见家明，告诉他真相，小说是妈妈安生用"七月"的笔名写的，并不是七月写的，而且，妈妈写给七月的每一张明信片，每一张后面都写着"问候家明"，妈妈是爱家明的。

只是，多么不希望七月早亡，希望有情人终成眷属。从此，王子和公主过上幸福的生活，而不是王子伤心孤独，美丽的公主渐渐凋零。

一个人在暗夜看完《七月与安生》，心情久久不能平静。走过童年、少年、青年，如今的我，也曾有过自己的"七月"，亲密无间，无话不说。只可惜随着岁月的流逝，我们也没能躲得过岁月的摧残，渐行，渐远。

琼瑶阿姨骗了谁

　　70后是读着琼瑶阿姨的小说长大的群体。在我们成长的青葱岁月里，身居中国台湾的琼瑶阿姨，在她的一本又一本小说中，一遍又一遍地，不厌其烦地"告诉"那些同样面临成长烦恼的少男少女：在你人生旅途的某一站，总会遇到一个理想中的白马王子或白雪公主的，总会！琼瑶阿姨似乎揣摩透了我们的小心思，字字句句几乎都说到了我们的心坎儿上，以至于她的小说出一本火一本，拍摄成电视剧依旧收视率居高不下，继续火遍祖国大地。

　　琼瑶阿姨小说中的白马王子大都长得英俊潇洒或是倜傥风流，拥有显赫的家世，接受过良好的教育。海归，或是国内高级学府的优秀毕业生，又或是高级写字间里叱咤风云的精英人物，或是某个家族企业的掌门人，也可能是一个潜力股级别的高级白领，有着广阔前景灿烂未来的阔少爷，他们大多拥有豪宅名车和众多仆从。这些所谓的白马王子，也多是重情重义，身边并不缺少异性。

　　她们往往是表姐或表妹、远亲的女儿、嫂嫂的娘家侄女或姐姐的婆家妹妹、父亲或家族企业合作伙伴的女儿。总是因为这样那样七拐八拐的关系和机缘相识，但大都似乎并非他们真正所爱，他们的存在仿佛独独专为等候女主人公的出现。等到他和她在某一场合一不小心遇见时，故事便开始了。

　　还有一种情况，就是他们有一个两小无猜青梅竹马的玩伴，孩童时期只是单纯因彼此喜欢便经常在一起玩，日久生情，却因两人的现实身份差距和家人的极力阻挠，不得不使劲按捺住如同野草般疯长的情愫。

　　中间自然需要经历一些大家都可以预见的小小波折，之所以在此没有用"挫折"二字，是因为两个相爱的人儿经过的那些所谓困难和面临的问题，尚且不足以影响到两个人之间的感情，不足以令他们的感情蒙尘，更不会留下什么难以愈合的伤痕，以至于达到摧毁的后果。那些波折的作用不过像是某种作料，胡椒粉，或者番茄酱，多之则更有味，少之也无伤大雅。两人之

间会产生一些很有必要的误解，正所谓千回百转波澜起伏，最终还是冰释前嫌，有情人终成眷属——他们终于牵手踏进了婚姻的殿堂。

也或许结局出人意料的伤感，虽然局内人和局外人都知道两人是真心相爱的，也都希望他们的爱能有一个完满的结局。可是啊可是，在许多现实原因的面前，他们的爱情终究没能扛得过去，虽然也是十分不情不愿，但也不得不选择分手作为收场的最后一幕戏。

琼瑶阿姨小说的白雪公主，大都是那种理想中唯美的女子，她们一定身材高挑，秀发如墨，肤如凝脂，眉眼如烟，貌美如花又极其聪慧伶俐。自幼不但被父母、被兄长、被众多的亲朋好友们呵护、宠着、爱着，而且接受过良好的家庭教育和社会教育，要貌有貌，要才有才，性格温婉，待人和善，各方面的素质都俱佳。

虽有句古话说女子无才便是德，但那只是封建士子们强加给裹足女子的不公之说。没有了书香的浸润和滋养，拥有再如何可餐的秀色，都会显得苍白乏力。而那些知书达理的富家千金或者小家碧玉，一定是善解人意又专情，随时会为了自己的现实身份去付出一切，正所谓"上得了厅堂，下得了厨房"，是几乎所有世间男子都梦寐以求的、理想中的人生伴侣。

现实中，白马王子在一年又一年地努力完成学业，又在不同领域的不同工作岗位上苦苦挣扎，奋力打拼，白马王子的显赫家世可能会因一着不慎轰然倒塌，黄金地段的高级写字间也可能突然易主，他的人生不再那么如意潇洒，一掷千金，翻手为云覆手为雨的日子，可能会一朝离去不再复返。

白雪公主也只好放弃矜持和羞涩，为了更好的生活，甚至不得不撩起裤管挽起衣袖，和男人们一样朝九晚五，甚至通宵达旦地卖力工作，以期换来养活自己的资本。她们与传统意义上的淑女或贤妻那样的角色可能相去甚远，棱角分明，言语铿锵有力。

于是，当现实中的某一天，我们抬起疲乏的双眼茫然四顾时，那些理想中的白马王子或白雪公主呢？他们全都去了哪里？独独留下自己。

四周空旷寂寥，但却貌似繁华。

可不可以不团圆

当飞机终于降落在西安咸阳国际机场时，也刚刚看到括号里的"全文完"三个字。在候机、乘机和学习之余零零碎碎的时间里，在不情不愿的状态下，读完了张爱玲生前颇为纠结的遗作，那部自传体长篇小说。掩卷前，视线在一行字上停留了片刻——"她看到空气污染使威尼斯的石像患石癌，想到：'现在海枯石烂也很快'"。无语。

《小团圆》在众多"张迷"们几十年的期盼中，终于面世了。这部第三人称的自传体小说，是张爱玲极具个人色彩的成长小说，因为是真实的人生历程，后人试图将它作为打开张爱玲神秘内心世界的通道。

女作家的书，我看过最多的，就是琼瑶和张爱玲的。两位都是才情极高且又多产的作家。

读前者的书是在人生观、价值观尚未完全确立的阶段，幼稚，且盲从。总被文字中期期艾艾的缠绵和仿佛不食人间烟火远离尘世的美好情感所迷惑，一次又一次地沉溺于书中的情节，一次又一次地跟随主人公的命运，心情起伏跌宕，有时竟至扑簌簌滚下许多泪珠。幻想着那些就是爱情的真相，凄美、哀艳，占据着生活的重心。

读后者的书时，已被不堪的现实逼迫，早从幻想的云端跌至俗世人生，在社会一隅默默地艰难跋涉，努力前行。那些历经的挫折总在提醒着我，不能忘记人生的种种不易和命运的不公，那些结痂的伤口时时告诫我，过于敏感是要受伤的。一边小心翼翼地呵护伤口，一边踟蹰地迈出犹豫的脚步。多数时候，唯用一层厚厚的自卑的膜将自己紧紧包裹其中。

对于张爱玲的书和有关她的书，见一本，买一本；见一套，则全买之。一本本一遍遍地读过去，每一次阅读都能被那些文字和情节所打动，深陷其中。一个又一个午后，或者清晨，被文字拉回那些源于真实生活的虚拟情节中，百转千回，总也不能走出来。都说艺术源于生活又高于生活，其实也许有些时候，生活本身比艺术还要艺术。

张爱玲受其成长和生活环境的影响，也深受父母失败婚姻的影响，对爱情和婚姻的笔调一直都极冷。她那庞大的家族中错综复杂的各种关系和人与事，给她的文学创作提供了取之不尽用之不竭的素材，她用自己特有的文风游刃有余地叙写这些信手拈来的故人旧事。写别人，自然也写自己。

张爱玲是幸运的，她具有常人少见的天分和丰富的人生经历；张爱玲也是不幸的，初恋即遇到一个不诚实的人。这个不诚实的人不仅使她对美好情感的向往几近幻灭，也使她的整个人生都因他而蒙羞，受到争议，以至于她在生命的大部分时间里不得不身居异国他乡。

与他的相识相知相恋，成为她一生的痛，心灵上永远的伤疤，却总被一些不相干的人一再地掀开来。所有写她的文字里，总会有相当的笔墨写到他；她写的一些文字里有时也会隐隐闪现他的影子，影影绰绰的，并不那么清晰，却总也绕不过去。

张爱玲在少年时期就向世人展露出她超人的文学天分，而偏爱写字的人多为性情中人，都是些比较敏感的人群。他们能从日常生活中提炼出精神的骨髓来，这些生活或许亲历，或许目睹耳闻，但唯有至情至性才能够写出情形兼备的锦绣文字来。

文字中的张爱玲是充实的，现实中的张爱玲却是落寞的。不堪回首的童年，记忆里只有过为数不多的一些快乐。少女时期的叛逆加之上辈人之间的恩恩怨怨，使她言行一度过激，因而被家人关在小小的阁楼上，让她悔过自新。一代才女，初恋却遇上了用情不专立场不坚，且大她12岁的龌龊男人。

短短三年的所谓婚姻，其实幸福极其短暂，一切很快就烟消云散。但是对于那个男人，对于那段情，张爱玲终其一生都没有能放下。在人生的暮年，又经历过两段情感，只是因为现实的原因，并无多少情可言。爱情在张爱玲的笔下，调子大都很冷，直指人心的背面，很悲切，但也偶有那色彩斑斓的。

张爱玲的散文写得极好，但似乎她的小说更被社会所认可。其实散文更能反映一个人的真实内心，小说虚拟的成分则要更多，要不怎么叫写小说为"编故事"呢？

张爱玲不喜社交，少女时期即已成名，但她早期略显传奇的身世和后来的人生经历，委实给她的文学创作提供了不少写作素材。现实中的张爱玲情感无着，矜持，少爱，现实外的张爱玲却在给人们不停描绘着各种版本的爱情模式。现实中的张爱玲自食其力后衣着华丽、讲究，追求有品位的生活，笔下的女人却形形色色，或温柔娴静，或知书达理，或泼辣火热，或庸俗势利，或骄傲聪明，或压抑淡漠……每个观者都希望能通过她们的身影来揣度窥测张爱玲本人，热衷于将她笔下的人物与她本人进行一再的对比和推演。

钱锺书先生曾这样描述过作者与作品的关系："假如你吃个鸡蛋，觉得好吃就行了，何必要看生蛋的鸡是什么模样？"然而，无数关注张爱玲的人们，却都极想从张爱玲的作品中找出她本人的影子。

曾经的"超女"，后来在流行乐坛节节攀升的李宇春，在《梨花香》中唱道："时过境迁故人难见……相思之苦谁又敢直言……"其实，女人的小心思，岂是任何人都可以猜得透的，有时甚或她们自己都不知道当时到底在想些什么、想要什么。更何况历经几十年的岁月沧桑，再怎样脆弱敏感的心都早已结下了厚厚的痂。若要再去重新描摹自己的人生过往，其实早已心境惘然，人面桃花不知是何人在扮演。

擅长用文字表述的人，自己用文字来展示自己内心的隐匿世界，虽说言为心声，可是那"言"却早已与当年的心声相去甚远。此"言"早已非彼"言"，一切早已灰飞烟灭，消散在漫漫历史长河的某个拐弯处。

此前，关于她的遗作的有关文字，多次从其他地方看到过，知道既然是自传体小说，自是不会落下他的。一年多以前，该书面世后，每次去书店都刻意绕开它。终于，还是买回一本。其实不去看它，实在是因为不忍心看到张爱玲的那点私事被完全袒露在公众的视线里，唯愿人们只记着一代文坛才女的佳作就够了，让那些人生旅途中不美好的记忆全都随着岁月的流逝湮灭，最终烟消云散。

城市文学的另一种可能

"坐了半日，日色已经西斜，只见两个挑粪桶的，挑了两担空桶，歇在山上。这一个拍那一个肩头道：兄弟，今日的货已经卖完了，我和你到永宁泉吃一壶水，回来再到雨花台看看落照。""真乃菜佣酒保都有六朝烟水气。"不管谁借谁之口的表达，这幅六百年前明代的民俗风景画，可管窥南京人一直以来骨子里的风雅。

夏夜，从《南京 金陵深深处》一书中读到上文所引的内容时忍不住笑出声来。想那个一头短发的作者——虽也百变，但多数时候一身轻便运动装的周水欣同学，把读过的书、走过的路，将历经的事、见过的人，还有那耳朵听的、感受到的，院落里的，街巷拐角的，雨后的，雾中的，林林总总，巧妙组合，彼此勾连，形成如此丰富而饱满的南京版"清明上河图"，却更多了几分文化味和现代气息。

作者工作生活之余有诸多爱好，跑马拉松只是其一。晨起或入夜，作者以家为中心辐射周边，却并不限于此，奔跑在南京的街巷或公园，跑步的同时用一双慧眼观察这座城市，了解城市里的人和事，关注人们的生存状态和城市的变迁。

南京虽非作者的出生地，但却是作者的故乡和现今工作生活的地方。熟悉的地方有时容易出东西，有时又很难有"风景"。人在一座城市待得久了，熟视，往往容易无睹。书中描述的许多所在，从盛夏到晚秋，从初冬到暮春，作者一次又一次去过，对那里的过去和现在，那里的一房一舍一草一木一山一水全都十分熟稔，却没有耽溺于对往昔风物人情的怀恋，也没有不忿城市发展历程中某种意义上的"消失"，亦不曾对现今城市新貌做过多颂扬，不人云亦云，在深度观察的同时有自己的见解思考，这就使作者的文字从本质上有别于一般意义上的旅游文学、采风文学，而是一种别样的，独属于作者自己的城市文学。

作者爱跑，也爱宅。这个宅，不是宅在自家，而是宅在声名远扬的民营书店，宅在街头巷尾，闹中取静，或大或小、或偶遇或慕名而去的书屋、书店、图书馆，一泡就是半天，大半天，及至夜半或是凌晨。阅读和行走，是一个人成长的必需，这两样作者全都具备。买书读是一回事，借书读是另一回事，借图书馆的书是一回事，借同道的书是另一回事，这种长期以来的开放式阅读，加之南京深厚文化底蕴的长期浸润，使得作者的文学书写有别于许多同龄人，作者笔下的文字杂糅，包罗，跳跃，灵动，从经度到纬度，都给人一种异样的新鲜感。

透过作者的书写，南京的衣食住行、风土人情，南京的春夏秋冬、书店小吃，南京的黏腻湿冷、故人旧事，作者身处南京的亲情友情……近在咫尺，如在眼前。我能说，这是作者以实际行动给这座城市的"手动点赞"不？

每每读着读着，总觉得南京的那些个大大小小的书店、书屋、图书馆，都该把这书在醒目位置陈列并隆重推出，因为它堪称一本深度介绍南京的文化旅游指南，比起满嘴跑火车的导游，比起文化节美食节旅游日的各种强推，这本书是一种润物细无声式的表达。"我"无处不在，"我"多年如一日看到的、听到的、读来的、感受到的，远比理性客观公文式的介绍更让人感同身受，入脑入心。南京各高校图书馆并中小学图书馆，这样一本好书亦不可或缺，不应或缺。

有的人坚持行走，最终却走成了浪子；有的人坚持阅读，最终却读成了书呆子。作者在多年持续不断地行走和阅读中，视野格局开阔，理性感性结合，不断行走，不断思考，既非一味宅着胡思乱想，也非浮皮潦草走马观花，那些读过的书走过的路，经过岁月的凝结淬炼，被作者酿成一坛醇香的美酒。书中的文字，敏感又坚强，柔软又有韧劲，实在是好有嚼头呵！

写到这里，突然想起金庸老先生。金庸的阅读也涉猎甚广，因而他的武侠小说里自然而然地渗透了各色杂书里得来的许多养分，使得金庸的武侠小说比其他武侠小说拥有更多读者。相信这本《南京 金陵深深处》也会在时间的河流中顺风顺水，到达它应该抵达的彼岸。

细细想来，这样的一本书，比一些人标榜的"大文化散文"多了许多人情味、烟火气，比一些人死磕的纯抒情散文多了深厚的文化底蕴和不可多得的深度思考，比一般意义上的文化随笔多了很多"我"的视野和观察。

作者亦是一个重情之人，文中写到对年迈公婆的细心呵护，和对老人们往事的殷殷追忆时，读来不由得令人唏嘘喟叹又心生钦佩之意。写到初回南京时寄居叔婶家时的点点滴滴琐琐碎碎，那些烟火里的脉脉温情，浓浓亲情中夹杂着的许多正能量的言行，方才令我豁然明白：一个人的阔朗和大气，绝非一日养成。

天下事，多数情况我等凡夫俗子是猜不到下一步的，比如，从没想过有一天会坐在鲁迅文学院的教室里听课；比如，接到鲁迅文学院的录取通知书时，也没想到会与谁成为同窗，更没想到短短四个月，和周水欣成了极要好的朋友。

求学期间，完成学业的同时，各人有自己的事，并不分分钟都腻在一起，但回首校园时光，许多画面里不是她在我旁边，就是我在她旁边。班级研讨，外出考察，课余闲聊，甚至等饭的工夫，我们都近在咫尺，触手可及。有时相约观影看剧，有时分享读书心得，有时一起无公害地吐槽，有时晨昏不分地海聊。常人眼中的我是木讷腼腆之人，唯在水欣面前袒露最多。

然，离开鲁院的乐土，我们鲜少相扰，也几乎略去了逢年过节的嘘寒问暖。但不联系并不表明不牵挂，相反地，常常想起鲁院，想起鲁院里的人和事，想起水欣。

收到这本书后，在散乱的时间里浏览了一遍，觉得不够，又看了一遍，方才舒畅些。有些不吐不快，遂成此文。发于水欣后，又觉言之不尽，便狗尾续貂了一些文字，可以忽略不计，瞅一眼亦无妨。但要说在写阅读感受时有夹带私货的嫌疑，我可是断然不会承认的。

斗胆说几句摄影

周末，晨。窗外是浅浅的灰色的天空，没有云彩，也无晨曦升起的朝阳。

刚刚读完两本黑色封面的中国摄影家丛书——《王文澜：偶然》和《侯登科：飞去的候鸟》，心情有些不平静，遂成此文。

最早知道王文澜的名字是从多年前的《中国摄影报》和《人民摄影》上，他的名字，在一些重大题材的照片后面。一次又一次，让人不能不记住。我那时还只是把摄影当作工作的一项内容而已，并无过多期盼，但却深深记住了"王文澜"三个字。再后来，听说他和喜欢的主持人之一倪萍组成了家庭，有一丝欣慰。

再后来，又听说两个好人最终还是没能把婚姻维持下去，又离了。有些惋惜，却又不知该说些什么。直到一年前的一天，听说王文澜将到西安参加一个摄影活动，并将有个讲座的消息后，异常兴奋。在确定消息准确无误后，我竟一连兴奋了好几天，直至坐在挤挤挨挨的会场，透过一排排人群的头顶亲眼见到微笑着站在讲台前的王文澜。此前，我还激情难抑地给一些搞摄影的朋友们一一打电话，告知此事。

王文澜的成功有相当一部分是缘于《中国日报》这个平台，缘于他摄影记者这个身份，可是中国新闻战线上摄影记者的队伍极其庞大，能有王文澜如此成就者又有几人？！王文澜的成功也有一些是缘于时任总编辑冯锡良的"伯乐"之举和报社办报理念的突破；或许，也因为那个年代各种天灾人祸与他的迎面撞击，还有人生道路上每一步的"点"踩得都恰到好处，这些都给了他许多成功的契机。

这本书给我的启示是：一个人成功与否，外界因素固然重要，但其内因却是不可或缺的，从那个特殊年代一路走来的摄影人，能被今人耳熟能详者实在不多。一个人的天分和才情虽然至关重要，但没有合适的土壤和环境，终究只会因郁郁不得志而抱憾终身，这样的事例在有着几千年文明史的中国

169

不胜枚举。

侯登科的名字也是早就听说过，与他的名字常被一起提及的，还有"麦客"二字。细细读过这本在侯登科逝世 5 周年之后编撰的厚厚书籍，才知道一些关于他的《麦客》和《麦客》背后的故事，还有其他的一些人生历程。

他的现实身份其实是铁路系统基层单位的工会干事，42 岁以后，官至集团公司办公室副主任。而他在工作之外的事业和声名，早已远远超过他的职业。他的文化程度并不高，身世比许多同龄人复杂且多磨难，童年几乎一直是在苦水中浸泡的，坎坷、艰辛。亲历的种种超乎寻常的苦难，也许恰恰是成年后的侯登科一笔宝贵的人生财富。

他善于思考，常常见解独到，让人闻之耳目一新；他勤奋好学，博采众长却又始终保持自己的风格。勤奋加多思，本来就是成功途中的一对好朋友，持续不断的思考使他的拍摄主题和作品能经得起岁月的考验，总能在摄影界内外都引起震动。他一直试图改变什么，比如，命运。他一直试图留住什么，比如，常人往往容易忽略的一些东西。

现实中的民俗常常被商业化、政治化，或者"被创作"，大都已经变得面目狰狞，让人不忍目睹，而他镜头中的民俗平实质朴、自然随和，使"侯登科"三个字成为当代中国摄影史上无法绕开的名字。

侯登科初涉摄影时，手里拿的是一部国产珠江 135 相机，很快就被他用得"铜都磨出来了"。这让我无法不想到自己使用的第一部相机。

1994 年春，一部已经被别人磨出了铜的国产珠江 135 相机被交到我的手上，配着黑色人造革的皮套。拿在手上，挂在脖子，背在肩头，心情别提多高兴了，欢喜得简直不得了。终于有一部暗恋好多年的相机可以使用了，哪怕它衣衫陈旧、年老体迈，哪怕它只是纯手动。小时候，爸爸采访用的照相机可是从不允许我们姊妹们碰一下的，那种渴望而不可得的无奈生生折磨了我好多年。

于是，我的兴趣一度转移到摄影上，在狂热和痴迷中浪费了不少胶卷。获了几个小小的奖，也被一些摄影组织吸收为会员，又将老珠江相机换成凤凰的一款新相机后，我心中渐渐生起一个小小的梦想。只是这个梦想的火苗没有燃烧多久，就被一位曾从事多年摄影创作，已经成绩斐然却又彻底放弃摄影，只专心做副刊的老师摁灭。梦想的火苗一度又有重燃的可能，却不料一位从摄影记者岗位跳槽的朋友一番恳切的话语，再次使其熄灭。此梦，也许今生休矣。

由于工作的需要，我的相机也一再地更新换代，先后用过国产牌子如凤凰、珠江的多款相机，也用过如日产佳能和索尼的多款进口相机。2003年年底，传统胶卷相机换成了数码单反机。第一次使用数码相机，试机时我趴在办公桌上自拍了一张照片，对于相机的彻底革命理应十分高兴，可是照片中的我却一脸平静，这张照片一直受到自己和多位朋友的喜欢，在许多地方被使用。

也曾以一种悲悯的情怀狂拍过一些民俗题材作品，生性胆小的我借助一些简易的工具竟敢独自攀爬高屋大檐，对路线和方位不怎么敏感却能准确说出某宅院位于某街某巷，并能对住户家中有些年月和历史的家具物什一一细细道来。作品参加了一些展览，有过好评，却也有人不置可否。也曾参加过一些摄影采风活动，除了圈里人一番自娱自乐外，并无多少实际意义。

后来和现在，摄影之于我，仍旧只是工作的一项内容。工作之外，偶尔自觉或应邀拍一些零零碎碎的东西，仅此而已。人，其实不能贪得太多，现实生活是有局限性的，必须有所取舍，大多数人只能在局限中力争做得稍好一点。不必企图面面俱到，谁都做不到。那些放弃摄影和依然坚守的朋友们，有的在他们喜欢的领域已经或正在做出不俗的成绩，这就对了。

王者的孤独和孤独的王者

少年丧父，母亲被迫改嫁，刚刚还沉浸在父母百般呵护中的他，该如何是好？我想，除了苟活，他别无选择，现实也容不得他做任何选择。

只要能活着，他不得不去做一些违心的事。比如，当他被送入乐坊时，他必须跟随乐师努力学习歌舞技艺，并努力学好。身为男儿身，在歌舞音律的滋养下——应该是"滋养"似乎更为贴切一些，他渐渐"喜欢"上了钗环脂粉，着女装，佩戴女人的各种首饰，走起路来纤腰柔柔、衣袂飘飘，顾盼生辉，真个叫六宫粉黛无颜色。

它是话剧《兰陵王》，他是兰陵王。

这是一个关于"灵魂与面具"的寓言。一千六百年前的兰陵王传奇，是关于"一个人的真实面目与面具"的故事。话剧《兰陵王》从中发展出了具有极强象征性的全新情节，它讲述的不再是传奇故事，那个传奇故事已经在历史长河中被许多次演变。但它讲述的也不是历史的真实，历史的真实自有历史去评说，根本无须后人重复演绎，也很难真实还原历史的真相。它讲述的是一个有着现代意味的，甚至是有一些魔幻色彩的寓言，揭示的是每个人都可能会遇到的关于"灵魂与面具"的人性难题。人性是复杂的、多变的，穿越历史的隧道，借由历史之镜观照现世人生，是一个极好的选择，也不失为明智之举。

历史上的兰陵王传奇是中国传统戏曲的源头之一，中国戏曲"以歌舞演故事"的美学特质最早就是在《兰陵王入阵曲》中初露端倪的，而这个古老拙朴的乐舞中兰陵王头戴的大面，也直接发展成了后世的傩戏面具，乃至今天的戏曲脸谱。

话剧《兰陵王》通过追溯这种中国古典文化艺术的源头，在《兰陵王》中进行既有中国文化传统又有现代艺术品格的舞台演出创造，在戏剧表演和人物形象塑造中融入傩面、傩戏、古舞、踏歌等古朴的艺术语言，并由此达成象征、魔幻的现代艺术表达。

　　说实话，之前曾许多次看过《兰陵王》相关的一些资讯，但并未更多地关注或者阅读、观看过一些什么。但一次次听说，自然难免有些好奇。晚上到达国家话剧院后，从剧院提供的宣传册上看到一些介绍文字，这才觉得兰陵王确实是一个有故事的人。正因为他有故事，后人才一次又一次地借他的故事之核进行艺术再创作和再创造，他的名字也一再地被后人提及，得以更广泛地流传。

　　"有故事"这三个字可以传递出许多信息和内涵。今人说起一个人有故事，往往有许多的含义，有时候或许并不单纯指其经历丰富，当然经历丰富是必需的。每每总忍不住想起一些人们幽微的叹息：为什么武则天被一再地进行艺术再创作和再创造，而李清照却只是在文人雅士偶尔的言谈中或是辞藻里出现，从未有过一部什么剧专为李清照而作。这就是因为她"没故事"。

　　一个人太过清白干净，有时是好事，有时却也未必就是好事。女人太正点了男人往往不好下手，历史人物太正点了，编剧们往往也是不好下手的。

　　话剧《兰陵王》由罗怀臻编剧，是中国国家话剧院常务副院长王晓鹰导演的力作。全体演员不过二十人，但却把一个荡气回肠凄婉哀怨的故事演绎得悲悲切切、感人至深，有不少人都被感动得泪湿沾巾，哭红了眼。

　　整个舞台的舞美设计简约而不简单，一个大屋顶的框架横呈于舞台之上，或缓缓升起或徐徐下降，或稍稍倾斜或些微变化。配合着舞台灯光的变化，大得铺满整个舞台的红绸、从高空垂下的轻柔的绸缎、一缕来历不明的浓烟、急促的甚至有些慌张的鼓声、节奏明快满心喜悦的器乐协奏……王者气象和深宫高墙、帷幔绫罗和青灯孤烟，营造出歌舞升平和杀场猎猎、儿女情长和暴虐惨烈的景象。

　　对于一部剧来说，除了编剧、导演和演员的水平之外，舞美的设计尤为重要。倒不是一定要怎样的大制作，但是舞美设计的精妙，某种程度上是可以给作品加分的，而且所加的分数绝对不低。这就是为什么在北京人艺小剧场看过一些当时觉得还不错的话剧，但在人艺大剧场看过各路大咖倾心打造的大剧后，瞬间就觉得小剧场的话剧简直就弱爆了！哪怕是孟京辉导演的、口碑极佳的作品，看过之后都会有莫名的黯然和失落。剧是好剧，演员是好演员，但就是觉得缺了些什么。

不是处女座，没有那样追求完美的情结，但还是对于舞美设计有一种并不过分的偏好。好的舞美设计，会在看剧后的日子里反复品咂回味，一次又一次，有时甚至胜过对话剧本身的喜爱程度。

王晓鹰导演版的《兰陵王》，从北齐名将"兰陵王"的传奇故事发展出全新的情节，将兰陵王设置成一个因目睹父王被害而用女儿态掩藏真性情的柔弱王子，齐后为唤回兰陵王的男儿血性，交与他先王遗物——神兽大面。带上大面的兰陵王被一种神奇的力量附着其身，神奇般地平添了一股雄伟气概，立刻由一个"妩媚妖娆的可人儿"变身成阳刚勇猛的真正的兰陵王。血性十足，骁勇善战，在战场上所向披靡、节节胜利。

这本是好事。雄性的觉醒可以为自己争得身心独立的一席之地，从此不需也不再苟且偷生。然而，手持利刃愈战愈勇、饱尝人间各种疾苦的兰陵王，却也在不知不觉中渐渐走到了冷酷无情唯我独尊的一端。

最终，忍辱偷生十余年的齐后，用她的心头血、用母性的牺牲唤回了兰陵王人性向善的一面，帮他卸下大面，回归本我。

全剧用艺术象征的方式讲述了一个关于"灵魂与面具"的寓言故事，体现对悲剧命运的观照，引发观众对于人性、本心的思考和探讨，揭示的是每个人都可能会遇到的关于"灵魂与面具"的人性难题。

归途中，大家讨论剧情，热议其中的一些片段，有争执也有认同，有分歧也有共识。人性本就复杂，许多事确实不是三言两语就可以解释清楚的，也不是非黑即白，或者非对即错。

当一个人的生命堪忧时，他该选择苟且偷生，哪怕屈辱卑劣地活着，也要好过了为了贞洁、为了不屈、为了效忠，甚至为了某种所谓的面子而早逝。毕竟生命只有一次，"留得青山在，不愁没柴烧"。只要活着，就有可能会更好地活着；只要活着，就有更好活下去的希望和可能。

如果一个人连命都没有了，那么首先于自己是一件悲催的事，于亲人更是一件悲恸之事。比如，齐后，兰陵王的生母，如果在兰陵王的生父遇害后，为了为丈夫守住贞洁，坚决拒绝篡位者的淫威，或者说很快随夫而去，以示忠贞。那么尚且年幼、只有九岁的兰陵王，失去生母关照和庇护的兰陵王，究竟能否活到成年还是一个谜，极有可能会被恶人轻而易举地就"斩草除根"。要杀一个手无缚鸡之力的孩童，对于不择手段登上王位的一国之君来说，简直太容易了，容易得如同捏死一只蚂蚁一样。

如果兰陵王在目睹生父的遇害过程后，又看到生母所做的种种，顿时五内俱焚肝肠寸断，悲痛欲绝万念俱灰，生的希望之花瞬间凋零，即刻用非正常手段结束自己宝贵的生命。那么齐后这个身份必定还是会有的，只是一定不会再是兰陵王的生母。丈夫遭人陷害致死，唯一的儿子又不幸夭折，虽贵为皇后，但她活着的意义已经不大，极有可能也会随他们而去。

无论如何，活着，并且很好地活着，哪怕苟且，又有何妨。

给中国电影打一针强心剂

　　大年初三一早，我几乎是第一个到达影城的观众，急急地扑向前台准备兑换网购的影券时，工作人员笑称："我们还没上班呢！别着急，这场最好的位置任你选。"

　　等待的过程是煎熬的，观影的过程则是愉悦的。为了听完整汪峰唱的主题歌，我最后一个走出影厅，甚至迟迟不愿离开，以至于为了不影响影厅清洁人员的工作，不得不一再避让。眼睛，早已哭得红肿。

　　影片中，知青下乡的缘由一点儿都不拖泥带水，既不褒也不贬，只几个貌似熟悉的镜头三下两下一晃，很快就把观众的视线引入了美丽而又辽阔的内蒙古大草原。"真美啊！"我脱口而出，估计每一位观影人的内心都会发出由衷的赞叹，备受雾霾和沙尘暴折磨的人们，多么渴望有这样一片水草丰美天蓝云白的好去处。

　　蒙古人是骁勇善战的，也是热情好客的，很快就接纳了来插队的两位北京知青，并告诉他们在草原上生存的一些基本技能和常识等，故事就这样开始了。知青陈阵单独外出时偶遇群狼，他自己吓个半死，我也跟着心一紧一紧的，替他的安危担忧。但根据主角不死定律，他不会这么早就有性命之忧，更何况原著也不是这样写的。当他情急之下想起阿爸说过的"敲击铁器驱狼法"成功化险为夷后，立时对草原狼这个群体产生了浓厚的兴致并一发而不可收，甚至产生了养狼的强烈念头。人的爱恨有时候就是这样奇怪地相生相伴，敬畏它、惧怕它，却又特别渴望了解它、靠近它。

　　影片中夹杂一些人性的贪婪和狭隘，为了一己私利宁愿出卖更大群体的利益，以至于酿成惨祸，最终发生人狼大战、狼马大战的血腥事件。

　　草原上祖祖辈辈生活着游牧的蒙古人，人需要足够的水和牛羊肉等食物来维持生命，而草原给牛羊提供食物的同时，也给兔、獭、鹿、黄羊等野生动物提供食物。水草丰茂自然就牛羊成群，各种动物也可以吃得肚儿滚圆，但野生动物们繁殖多了又会危害草原。

于是，草原狼——这种食草动物的天敌就从某种程度上成了这个生物链条不可或缺的一环。如果这个生物链条维持平衡，那么各方相安无事，一旦某个环节出问题了，则可能发生连锁反应，像多米诺骨牌一样。其实世间许多事，莫不如是。

之所以不敢在影片首映当天就走进影院，实在是原著中描写的种种让人心悸的场面已经让自己无数次伤心落泪，担心那样惨烈的场面出现在银幕上时不敢面对，后来多方打听才斗胆走进影院。几个大场面战争，既悲壮、惨烈，但又不是那么过于直白、血腥，深深感谢导演的爱心。

大爱和小爱总是会难免交织在一起的，影片中顺带穿插一些爱情线，却又让其只是处于萌芽状态，并没有给这种爱继续发展下去的机会和可能，这或许会让那些误以为情人节上映就必定是爱情片的人们有些许遗憾，但于整部影片来说却无甚大碍。

编剧芦苇和导演让·雅克·阿诺都是很有爱的人，也是心存善良、心怀感恩的好人，他们让坏人坏得不是那么彻底，让人恨，但尚且可以原谅，更何况，坏人的存在本身就是为了衬托好人。整部影片的内核自始至终都不曾偏离草原狼，所有的矛盾冲突、所有的人事纠葛、所有的喜怒悲欢全都围绕草原狼而铺展、陈述，两个小时的时间一点儿也不拖泥带水，收放自如，张弛有度，任何镜头画面都不浪费。

说到这里，是不是也应该顺便感激一下剪辑团队？正是他们的果断"下刀"，且刀刀精准，才使得人们在观影时不至于太过沉溺于某一种情绪，比如：对"文革"的沉痛记忆以及那个年代许多上级指示的无奈，对泄密者的恨之入骨，对彼此相爱却又不能走近的男女主角的惋惜……而是紧紧跟随着画面前进，瞬间，就过渡到人、狼、羊的现世今生。

世间美好的东西众多，草原只是其中之一；世间许多美好的东西都正在或已经失去，有的伤痛深，有的伤痛浅，这与我们和他（她、它）的关系有关，而且有很大的关系。

曾在陕北工作数年，无数次到过毛乌素沙漠南缘和内蒙古大草原，每一次都激奋不已、流连忘返，并未因去的次数多了而熟视无睹过，从来没有。

有段时间，人们迫不及待又毫无节制地发展"煤变油"和坑口电厂，近乎疯狂地开采其实真的很有限的煤炭等资源，辛辛苦苦换来的，除了钱，还有愈加肆虐的沙尘暴、道路塌陷、电力铁塔悬空……地下水位一降再降，当地许多人相继染上了各种奇奇怪怪的病，却又无可奈何。离开那里后，再没回去过，也很少愿意回忆。没有能力改变现状，但却可以不让自己近距离围观它的疼痛。

好影片就是这样，它的好是默默渗透出来的，你甚至可能因为它的好而忽略一些瑕疵或者小小的不足。整部影片不说教、不指责、不偏颇，让你潜移默化地慢慢感受，感受人们在追求物质享受的同时，更应该关注我们生存的环境。爱护环境、爱护大自然已经成为一件迫在眉睫之事。人们，该醒醒了！

观影期间，耳畔是母亲的絮絮叨叨，讲的是逝水流年里那些关于狼的亲眼所见和亲耳所闻，狼若不是饿极了，绝不伤及人畜。一头母狼失去幼崽后趁人不注意叼了邻家一个婴儿用狼乳喂养，后来孩子的哭声引来村人，人们又趁母狼外出觅食时抱回了孩子，那孩子现在还活着，都当爷爷了。

忍了忍，还是觉得应该再说几句中国电影。泱泱大国，拥有几十年深厚而又源远流长的古老文明和传统文化，如今充斥荧屏更多的仿佛只有娱乐！娱乐！娱乐！无怪乎编剧芦苇愤愤然道："我们进入了一个娱乐至死的时代！"好在，2015 年初，让我们欣慰的是还有一部《狼图腾》，它的真诚和忧虑，它的坦率和无奈，我们全都照单收下。相信，我愿意相信，将会有更多更好的"狼图腾"和"狼图腾们"问世，毕竟，人类生存空间的无限扩张终会有度，终会。毕竟，影片的结尾处，我们还是看到了陈阵悉心喂养的小狼的身影。

为了《活着》而活着

电影《活着》和《霸王别姬》是从上映至今都口碑极佳、颇受好评的经典影片。这经典，既因为大导演、名演员，更因为一位不可多得的优秀编剧芦苇。

觉得对不起的是，我观影大多先看是谁导演的片子，再看是谁主演的，很少关心是谁编剧的。最多只会围观一眼。编剧这个幕后角色，影片拍好了不一定会有多少人关注，若拍不好，或许还会因城门失火而殃及池鱼，多少受些连累。因之，让我们先对他们保持适当的同情吧！

《活着》，是先看电影再看小说的，但这既不影响对编剧的敬意，也不影响对小说叙事的好感。只在细细读完小说后，慨叹并深深地佩服编剧能从小说宏大的事件提炼出精华，男主人公富贵几十年人生的时间跨度，从娇生惯养还有不良嗜好的阔少爷沦为一贫如洗的农民，以及他结婚生子，孩子一天天长大，孩子的孩子也一天天长大的人生历程，看似细碎繁复，但却真实生动，穿插了许多那个年代的大事件。

人嘛！本来就是社会的一分子，不可能完全从中剥离而存在，而几十年人生如同蛛网，或蚕茧一样，独具慧眼的编剧能从中找到一个入口，一点点地抽出一根长长的丝来，这根丝就是贯穿影片的主线，人物啊、情节啊全都围绕其前后左右。因编剧是二次创作，好的编剧会让小说更加光彩，也会对小说起到很好的二次推广效用。

当优秀的小说家与优秀的编剧相逢时，编剧这个角色更多的还是在幕后，哪怕影片推广，也少见编剧在镁光灯下受到众人瞩目。当然，编剧他不是深藏闺房，作品获奖时，他要去现场领奖吧，领奖的消息就会被报道吧，观众就会一睹芳容吧，但其本人在观众中的认知度终究远不及演员和导演。

一部《白鹿原》，成就了年逾五旬的陕西作家陈忠实，也成就了许多和这部巨著沾边的人们，哪怕那部轰轰烈烈地拍摄，但却以惨淡票房收场的王全安导演版《白鹿原》，口水，也是在一些人关注之后才口水的。

　　之前，曾在一个讲座中，听芦苇讲述关于他编剧的《白鹿原》，他还当场念了第一幕戏的一些片段，立时就博得人们热烈的掌声，在一片由衷的叫好声中，芦苇有一丝羞涩。简言之，是不好意思。我以为，这是很可爱的。

　　虽然芦苇的祖籍不在陕西，但却有一半陕西血统，他的母亲是一位贤淑的陕北女子。陕西的水土养出了大导演张艺谋，也养育了大编剧芦苇。几十年的哺育，芦苇已经与陕西这块土地血浓于水地融合在一起，他完全以"老陕"的视觉，用敬畏之情，用睿智的慧眼去发掘，时隔数年，几易其稿，打磨，锤炼；再打磨，再锤炼。直至时间和火候到位，然后，芦苇版的剧本《白鹿原》终于在人们关切的目光中出笼了！

　　三月的最后一个周末，一场春夏之交的蒙蒙细雨降临三秦大地，春雨贵如油，春苗茁壮成长，却也给人们的出行带来诸多不便，但丝毫不影响热爱《白鹿原》和喜爱芦苇的人们的热情，下午两点还不到，活动现场已经座无虚席，人们一边轻声交流着，一边满怀期待地等着活动开始。互动的过程是热烈的，也是让人每每回味起来都觉得难忘的和喜悦的。

　　于我而言，还有更难忘的，那就是得知芦苇将有这样一个新书签售的消息时，很想为喜欢的编剧画一幅漫像。既因接连几天被安排外出拍摄电视短片，在秦岭山脉攀爬穿梭，甚累，也因为感觉还不到位，不敢轻易动笔。周五深夜十点从山区归来后，在岭上吹了冷风，赶紧吃了几粒药就捂上被子倒头大睡。周六下午又参加一个露天活动，再次被风吹，晚上回到家早早入睡，入睡前心里还念叨着芦苇的漫像。凌晨一点，突然从夜晚的梦中醒来，一骨碌爬起来就打开电脑。当时针指向凌晨四点，终于画完。当天上午制作完成，满心欢喜地期待下午的到来。

　　终于在活动结束后，心情忐忑地把精心准备的漫像送到芦苇手中，令我意料不到的是，芦苇看到漫像后，像个孩子似的开心地笑了，夸漫像画得"真棒"！然后笑着问："你画的吗？""是！""谢谢你啊。你咋画的呢？""我……"

　　人，其实就是这样，有时不逼自己一把，可能真不知道自己能做什么，又能做些什么，还能做些什么。一些潜在的能力，可能就会被岁月湮没、被惰性作践。

　　一个能享受孤独的人，才能享受成功的快乐。

请保持与众不同

以被誉为"计算机科学之父"和"人工智能之父"的英国数学家艾伦·麦席森·图灵的传记为蓝本拍摄的影片《模仿游戏》，在中国羊年大年初四揭晓的第87届奥斯卡金像奖颁奖典礼上获最佳改编剧本奖，同时获最佳导演、最佳男主角、最佳女配角、最佳艺术指导、最佳剪辑、最佳影片、最佳原创配乐提名奖。

奥斯卡奖没有暗箱黑幕，获奖作品的质量绝对杠杠的，更何况真人真事改编的故事，怎么也要比天马行空胡编乱造的严肃理性一些，加之担任男主的英国资深帅哥本尼迪克特·康伯巴奇，还演过我喜欢的夏洛克·福尔摩斯。这部备受好评且一季又一季拍摄的影片名叫《神探夏洛克》，但我更喜欢叫他和它为福尔摩斯，只因多年前在没完没了迷恋琼瑶的同时，也对中文版畅销书《福尔摩斯探案全集》爱不释手。当初看他第一眼时并不是很喜欢，实在是因为他没有像书中描述的福尔摩斯那样具有睿智的、几乎是标志性的鹰钩鼻。

两天后的大年初六晚上、春节收假前一夜，在电脑前静静地独自围观20世纪50年代发生在大洋彼岸的故人旧事，以及那些曾被岁月蒙尘的卓越和感动。

这是一部倒叙的电影，沿着两条线索逐渐推进，相互交织缠绕，不疾不徐。

影片一开始就迎面撞见男主那张熟悉、瘦削、惨白、颜值中等的脸，和福尔摩斯的造型有所不同，他在本片中的秀发短且保守，如果再短那么一点点，就一点点，难免会让人觉得有一些二愣子的感觉，怎一个"村"字了得。远不及福尔摩斯的小卷发那么迷人，总是伴随着他两条长腿的大步流星轻舞飞扬。

帅哥康伯巴奇的魅力指数一直是许多男星都不可攀的，他总是显得那么不羁又个性十足，一副从娘胎里带出来的特立独行的气质，他那专注的、笃定的、貌似深邃实则也真心深邃的眼神，还有他每每被误解时欲自我辩解那一刻的欲言又止，还有无奈之时紧抿的薄唇……啧啧！你会觉得天才一类的角色必定非他莫属，而他也铁定就是一块演天才的好料子，而且是极好的那块料子，仿佛能看到他那总是耷拉着几绺卷发的大脑门上生生镌刻着"天才"二字。

男主的现实身份起先是数学教授。作为一名本本分分的前理科好学生，我的脑海中瞬间闪现出几任数学老师已经有些模糊的脸庞，好像也有小卷发男夹杂其间，或许纯属偶然。

一位称职的警察叔叔从一起失窃案中似乎察觉到些什么被人刻意隐瞒的秘密，虽然他不知道这秘密会是什么，但强烈的好奇心驱使他进一步对"失窃者"展开调查，一个本不应被后人知晓、藏在沉沉大幕后面的秘密就这样被悄悄掀起了一角。好奇害死猫，正是这位警察的好奇才使得这个故事有了进一步发生发展的可能，从而让男主鲜为人知的辉煌经历呈现出来，却也顺带牵扯出了他的个人隐私。唉！

"我喜欢解题，英格玛是世界上最难的题。"男主如此解释自己申请加入解码团队的原因。观影的我也在心底悄悄说了一句："咱当年也喜欢解题，只是那些题仅限于书本上和辅导书上的数学题。"由此不难看出，人跟人的智商在任何阶段都差距很大，尤其是平庸之辈跟天才，那更是地下天上之差，怎么仰望都不可能触碰到。

没办法，一些人天生对未知世界着迷，而且越是难啃的骨头越是会深陷其中。顺便分享一下影片中两次出现过的一句话："有时恰好是那些最意想不到的人会完成最意想不到的事。"任何人成年后的许多表现，都和年少时的经历有很大关系，男主如果没有一次次被同窗们欺负，如果没有得到同样优秀但却英年早逝的好基友的真诚帮助，他仍然会是比常人优秀许多的天才，但人生或许不会有后来的那般精彩，他也未必就一定会取得那样卓越和非凡的成就。

微信里每天荡漾着许多鸡汤，我独独喜欢这一句——独行快，众行远。这句话用在影片《模仿游戏》中是再合适不过了。

"你多聪明都没用，要利用一切可以借力的帮助，如果他不喜欢你，就不会帮你。"天哪！女主这话说得怎么这么富有哲理呢，难怪她完成填字游戏的时间比我们天才的男主都要少。难不成天才这物种也是扎堆的？对头，参与解码的那帮家伙随便拿出一个来都是响当当硬邦邦让世人敬仰的天才！智商，绝对个顶个的超群。

两年过去了，从男主和团队其他成员的相互排斥不信任，到后来互相主动取长补短，齐心协力攻克难关，这个变化的结果是多么令人欣慰啊！甚至在他被不喜欢他的上司开除的关键时刻，正是那些他曾认为会影响他工作的团队成员们挺身而出，最终留住了他，使他天才的能力得以继续发挥作用。

就在男主和他的团队绞尽脑汁研制图灵机破译密码的过程中，法西斯的铁蹄没有丝毫停歇，四处践踏，疯狂嚣张，许多无辜的生命丧生，纳粹的旗帜插在了一个又一个国家的首都。就在大家一筹莫展之时，一次放松时无意间听到的一句话竟让他茅塞顿开，密码破译迅即取得突破性进展。

他们几年来的辛苦缩短了战争时间，也最终赢得了战争，但随着战争结束，他们也要离开曾朝夕相处一起并肩战斗过的地方和彼此。终究，尘归尘，土归土。

是不是有些残忍？

中国古话说：飞鸟尽，良弓藏；狡兔死，走狗烹。中国还有句成语：卸磨杀驴。不必详细解释了吧，你懂的！

战争结束后，因失窃案被迫进入警察局的图灵，黯然神伤地面对问讯他的警察发出"我是谁？"的质疑：英雄？犯人？机器？人？是，又不全是；不是，但，事实上又是。

因为同性恋，他第一次受到团队里潜藏的苏联间谍要挟，第二次在功成名就之后被迫选择接受药物治疗。一年后，服毒自杀。41岁，正是一个人出成绩干事业的大好年龄，他却永远离开了这个让他毁誉参半的世界。

60年一个甲子。60多年前，图灵和他的团队呕心沥血制作完成的"图灵机"在二战中发挥了举足轻重的作用，但庞大且笨拙。60多年后，体型娇小、携带方便的新型"图灵机"已经彻底改变了现代人的生产和生活方式，如今它有个家喻户晓的名字——电脑。

是的，就是电脑！

　　听说编剧格雷汉姆·摩尔站在奥斯卡领奖台上说过一番话,顺录于此:"我16岁时曾经想自杀,因为我觉得自己怪异,觉得自己和别人不同,我觉得自己不属于他们。而现在,我站在了这里。我想用这个机会对那个觉得自己怪异、觉得自己和别人不同、觉得自己不能适应任何一个地方的孩子说几句话。不,你能适应。我向你保证,你能适应。请保持你的怪异,保持你的与众不同,然后当有一天轮到你站在这个舞台上的时候,请把同样的信息传递给下一个人。"